U0644713

国韵故事汇

芙蓉屏

元明清故事十三则

上海图书馆 编

生活·讀書·新知 三联书店

Copyright ⓒ 2017 by SDX Joint Publishing Company
All Rights Reserved.
本作品版权由生活·读书·新知三联书店所有。
未经许可,不得翻印。

图书在版编目(CIP)数据

芙蓉屏:元明清故事十三则/上海图书馆编.
—北京:生活·读书·新知三联书店,2017.12
(国韵故事汇)
ISBN 978-7-108-06147-8

Ⅰ.①芙… Ⅱ.①上… Ⅲ.①历史故事-作品集-中国 Ⅳ.①I247.81

中国版本图书馆 CIP 数据核字(2017)第 279293 号

责任编辑 杨柳青
封面设计 刘 俊
责任印刷 黄雪明
出版发行 生活·讀書·新知 三联书店
(北京市东城区美术馆东街 22 号)
邮 编 100010
印 刷 常熟文化印刷有限公司
版 次 2017 年 12 月第 1 版
2017 年 12 月第 1 次印刷
开 本 650 毫米×900 毫米 1/16 印张 12.25
字 数 104 千字
定 价 29.00 元

编者的话

本丛书原为上海图书馆所藏、于20世纪上半叶由大众书局刊行的“故事一百种”，其内容多选自《东周列国志》《三国演义》《水浒传》《隋唐演义》《说岳全传》《英烈传》等经典作品，并结合民国时期的语言、见解、习俗进行了不同程度的改写，既通俗易懂、妙趣横生，又留有一番古典韵味，是中华传统文化及语言的珍贵遗存。

初时，各则故事独成一册，畅销非常，重印达十数版之多。因各册页数较少，不易保存，今多已散佚，全国范围内，仅上海图书馆藏有较多品种。现将故事根据所述朝代重新整理分册，将竖排繁体转为横排简体，并修正了其中的漏字、错字、异体字，根据现代汉语语言规范对标点符号进行了统一处理。

为还原特定时代的故事面貌与语言韵味，编者仅就明显的语言错误做出修正，在保证文从字顺的基础上，尽可能遵照原文。书中所述历史人物与事件，或有与史实相出入处，也视为虚构文学作品予以保留，并未擅自修改。此外，还保留了原书中的全部插图，以飨读者。

目录

芙蓉屏

话说元朝至正年间，真州有个官人，姓崔名英字俊臣，家道富足，自幼聪明，书画皆工。妻王氏亦读书识字，写算俱通。俊臣以父荫得官，补浙江温州永嘉县尉。择了吉日，收拾行装赴任。就在真州闸上，雇了一只大船。船户自称是苏州人，姓顾，船上有五六个后生，又说是兄弟子侄，并无别人。崔俊臣夫妇带领奴仆上船，哪消几日到了苏州地方，择个热闹处停泊。船户来禀，该烧神福，又要酒钱。俊臣本是官宦之子，就大大地与他一个赏封。船户就买三牲祭物；因见官人出手大方，另买了几件可口的东西、两瓶美酒，安排一桌盛饭，送入船中。崔俊臣遂叫暖酒，请夫人对酌。那酒色味俱佳，俊臣便开怀畅饮。一时高兴，把箱中带来金银杯觞之类，取出来用，明晃晃排在桌上。早被那船户在后舱看见，他本是个不良之人，起初见他行李沉重，已有意了。今见这些酒器，更觉动心，便暗暗计较妥当，走到舱口说道："官人，在此热闹，不如移在清凉地方停泊。"此时正是七月

天,天气炎热,又兼俊臣酒后烦躁,闻言连说:“有理。”王氏道:“此处虽炎热,是市中人多之地,料无他虑。那清凉之处,恐有他故。”俊臣道:“此处是内地,不比外江。顾船户又是本地的人,必知利害,不必多虑。”

船户讨了口气,连忙开船,放到芦苇中泊定,大家又饮了一会。

到了黄昏,船户提刀执斧,一齐奔入舱内。俊臣夫妻吓得魂不附体,连忙哀求。那为首船家用刀指王氏:“你不要慌,我不杀你,其余多饶不得的。”俊臣自知不免,再三哀求全尸而已。那贼道:“也罢,姑饶你一刀便了。”遂提着俊臣腰胯,向舱门外,扑通地扔下水去,其余奴仆尽行杀了。

王氏大哭,奔向舱门,就要投水。那贼首拦住道:“你不用短见,我实对你说,我第二个儿子尚未娶媳,今往徽州齐云岩进香去了。等他回来,便与你成亲。”王氏起初怕他来侮辱她,所以要死。后听此言,心中想道:“我若死了,何人报仇？不如权且忍耐，相机而动。”主意已定，便假意道：“饶我性命，便是大恩，又加招我为媳，我岂不知好歹？公公请自放心。”只这“公公”二字，哄得贼首满心惊喜道：“好！好！这才是自己的人哩。”众贼将舱中财物尽数收拾，把船移归自己村中泊歇。自此贼首遂呼王氏为媳妇，王氏也便连连应承。那老贼便真心相待，更不提防她有歹心。住了月余，他次子仍未回来。那日是八月十五，中秋佳节，那贼首聚合了亲友，买了些酒肉，叫王氏治办酒肴，在舟中饮酒看月。个个吃得酩酊大醉，东倒西歪，熟睡如泥。王氏想道：“此时不走，更待何时？”幸喜船尾靠岸，王氏轻轻跳上岸去，趁着月色，尽力奔走。渐渐天明，遥望林木之中露出屋宇。王氏走近前去一看，却是个庵院，门还闭着。待要叩门，又不知是男僧还是女尼；遂在门外待了片时，听得里面开门，走出一个女僮汲水。王氏大喜，一直走入，请院主相见。院主问

道："女娘何处来？清早到小院何事？"王氏假言道："妾乃永嘉县崔县尉的次妻。因大娘凶悍，时常打骂，家主上任，泊舟在此。昨夜中秋玩月，叫妾取金杯饮酒。妾一时失手，坠落水中。大娘大怒，一定要将我置之死地。妾想必无生理，乘她醉熟，逃生到此。"说罢，哭泣不止。院主见她举止端庄，意欲收作门徒，便道："老身有一言相告，不知尊意如何？"王氏道："妾在难中，师父若肯指教，妾无不允。"院主道："小院僻在荒村，最是幽静。且二三同伴，又皆淳谨。娘子肯舍了家族，同我出家么？"王氏闻言，拜谢道："师父果肯收为弟子，妾便有结果了，情愿奉命。"院主大喜，忙叫两个同伴，焚香击磬，拜参了三宝，替她落发。取个法名，叫作慧圆。就拜院主为师，与同伴重新见礼，从此住在院中。

住了一年多，忽一日有二人到院随喜。院主认得是近地施主，留吃素斋，当时不曾回谢。第二日将一幅纸画的芙蓉，施在院中，以答斋敬。院主受了，就裱在素屏之上。王氏一见大惊，仔细一认，问院主道："此画从何处来的？"院主道："是同县顾阿秀兄弟二人布施的。"王氏道："他做什么行业？"院主道："他二人原是船户，在江湖上，摇船为业，近来忽然大发，人说他是抢劫客商致富，也未知真假。"王氏道："可常到院中来么？"院主道："偶尔至此，也不常到。"王氏问明，不禁睹物思人，就写一首词在屏上，其中有"今生缘已断，愿结再生缘"之句。院主虽识得经卷上的字，文义原不十分精通。看见此词，只道王氏卖弄才情，偶然题咏。他哪知此画是崔县尉的手迹，也是舟中被劫之物。王氏见物在

人亡,暗暗悲伤,又晓得盗贼已有影响;但恨身为女僧,一时难以申理,且忍在心中,再等机会。

却说,这苏州城中,有一人姓郭名庆春。家道殷富,最好结交官员。一日游到院中见了这芙蓉屏,画得好,题咏亦佳;遂不惜重价买去,送与一个退居的御史大夫高公。高公名纳麟,性喜书画,遂将芙蓉屏张挂书房。又一日见门首一人,拿了几幅字来卖。高公叫进看了,便道:“字写得很好,是谁写的?”那人道:“是我自己写的。”高公又见他仪表非俗,更问姓名籍贯。那人含泪道:“我姓崔名英字俊臣,真州人,以父荫授永嘉县尉。合家赴任,被船夫所害,将英沉于水中。幸得未死,爬上岸来,遇一善人,待饭留宿,次日又赠我盘费。英问路进城,告于平江路案下。只为无钱使用,捕役并不上紧,至今并无消息。无奈只得拿两幅字卖,聊求度日,在此等候。”高公听了,知是衣冠中人,乃道:“既如此,且留在吾西塾,教吾诸孙写字,再作道理,意下如何?”崔俊臣欣然依允。高公延入书房款待,正欢饮间,俊臣猛然抬头看时,恰好前日所画芙蓉屏正挂在那里;遂一眼看着,神色俱变,潸然泪流。高公惊问其故。俊臣道:“此画亦舟中丢失之物,是我亲笔。不知公在何处得来?”说着起身又看见上有题词。俊臣读罢讶道:“看此词笔迹意思,定是吾妻王氏所题。但此词是遇变后所作,吾妻想是未曾伤命。求公推究此画来自何方,便有根据了。”高公道:“既有此画,当为足下任捕盗之责，且不可泄露。”是日酒散，唤出两个孙子，拜了先生，就留在书房住下不提。

且说高公次日，密地叫家人把郭庆春请来，问明芙蓉屏来历，便差家人忙到尼院中，仔细查问这芙蓉屏的出处，及何人题咏。院主认得是高御史府中家人，来对王氏说明，商量如何回答。王氏听说是官府门中来问，望着有些机会在内，叫院主实言答他道：“此画是同县顾阿秀舍的，院中小尼慧圆所题。”家人把此言回复高公。高公想道：“只须赚得慧圆到来，此事便有着落。”进去与夫人商议定了。次早差一家人押着一乘小轿，来庵中对院主道：“府中夫人喜欢念佛经，听说贵院小师父慧圆十分了悟，欲拜为师，供养在府。”院主以为院中事务多赖她主张，不肯放去。王氏以高府昨来问画端的，今又来接，定有机会，便对院主道：“贵府门中礼请，若是推托，恐惹出事来。”院主见她说的有理，只得依从。王氏上轿，来到高府，高公且不与她相见，径入内堂去见夫人。夫人与她讲些经卷，王氏问一答十。夫人十分敬重，寝食相伴。

一日夫人闲中问道：“听小师父口音，不是本地人。还是从小出家？还是有个丈夫，半路出家的？”王氏听了，泪下如雨，道：“小尼乃真州人，丈夫姓崔名英字俊臣，荫授永嘉县尉。因赴任到此，忽遇船夫抢劫，害了全家。妾思报仇，委屈全身逃走。幸遇恩尼，落发出家。在院中一年，不见外面音信。忽前日有人施芙蓉屏一幅,小尼见是被劫之物,问及施主姓名,院主说是顾阿秀兄弟。小尼记得当初雇的那船,船户正是姓顾,而今真贼已露,这强盗不是顾阿秀是谁?且那芙蓉屏上,小尼就将船中散失的意思题词于上,后被人买去。前日贵府有人到院查问题咏之人,也不知何故?”口中说着,即向夫人下拜道:“强盗只在左近,望夫人转告相公,代小尼查访申冤,便感恩不尽了。”夫人道:“你且宽心,等我转达就是。”夫人遂细告知高公。高公道:“她的话与崔县尉所言无二。又且芙蓉屏是她所题,崔县尉又认得是他妻室笔迹,这正是县尉之妻无疑了。夫人只好好看待她,且莫说破。”俊臣也屡催高公,代他访求芙蓉屏的踪迹。高公只推未得其详,略不提起慧圆之事;又密差人问清顾阿秀住居所在,平日出没行径,晓得强盗是实。对夫人道:“崔县尉之事,已十有七八,不久当使他夫妻团圆。但王氏已削了发,他日如何相见,你劝她蓄发才好。”夫人道:“这是正理。”遂对王氏道:“我已尽情告知相公,相公定与你申冤。”王氏叩头称谢。夫人道:“只有一件,相公道你是官宦之妻,叫我劝你蓄发改妆。”王氏道:“小尼是未亡之人,蓄发何用?如强盗歼灭,从此舍身空门罢了。”夫人道:“你若蓄发,认我老夫妇,做个孀居义女,未为不可。”王氏道:“蒙相公夫人抬举,岂不知感?但重整云鬟,再施脂粉,丈夫已死,有何心绪?况老尼相救深恩,一旦将她舍弃,亦非厚道,所以不敢从命。”夫人见她言词决绝，回报高公。高公称叹不已，又叫夫人对她说：“相公要你留发，其中有个缘故。前日因查阅你的事，与平江路官吏相见。说旧年有一人告状，也自称永嘉县尉，只怕崔生还未必死。若不留发，他日擒住贼人，查得崔生出来，僧俗各别，怎得团圆？何不权且留发，待事务完全，崔生终无下落，那时仍净发归院，有何妨碍？”王氏听说，还有人在此告状，心内也疑丈夫未死，遂依夫人之言。虽然不敢改妆，却从此不削发，妆作道姑模样。住了半年，朝上差薛溥化进士为监察御史，来接平江路。这薛御史是高公昔日属员，到了任所先来拜谒高公。高公把这件事托他去办，连贼人姓名住居，都细细说了。薛御史告别，自去行事。

且说顾阿秀，自那日天明起来，不见王氏，明知逃走，恐事迹败露，只得隐忍。一日正在家中饮酒，忽被平江路捕盗官带了一哨官兵，将住宅围了，进内把顾阿秀兄弟子侄个个围住，并将他家里箱笼尽行搜出，一同解送御史府内。薛御史升堂遍审贼人，初犹抵赖。及查物件，搜出永嘉县尉的敕牒，顾阿秀等方俯首无辞。御史又要追问夫人王氏下落。顾阿秀即将收留她做儿媳，及中秋夜逃走的事供明。御史录下了口供，凡在船之人，无论首从，即皆斩首。把赃物送到高公家中，交于俊臣验收，只有妻子杳无下落。俊臣睹物思人，不觉大哭。

原来高公有心，只说那画是顾阿秀施在尼庵的，并未对俊臣说那题画之人，就在院中为尼。所以俊臣不知那画上可以跟寻踪迹。哭罢，想道："既有了敕牒，还可赴任。妻子既不能见，留此无益。"请高公出来拜谢，把即将要赴任的意思说出来。高公道："赴任是美事，但青年无偶，待老夫做媒，娶一房好夫人；然后夫妇一同前往，也不为迟。"俊臣含泪道："糟糠之妇，誓愿偕老，今见画上题词，料想不在此地。等上任后，差人再来寻求，还望久后一会。若再娶之说，实非我的本愿。"高公叹道："君如此情义，终有完全之日，吾岂敢强逼？只是相交这几时，容老夫少敬薄饯，然后起行。"俊臣允诺。

次日开宴，邀了郡中门生故吏、文人名士，俱来奉陪。酒过数巡，高公道："老夫今日为崔县尉了今生缘。"众人不解其故，只见高公传命后堂，请夫人打发慧圆出来。此时夫人将前后事说明。王氏先谢了夫人，梳起一半长的头发，打扮得如花似玉，女童扶持从内出来。俊臣只道高公要把什么女子强他纳娶，故设此宴。听说此话，有些着急了，不晓得他妻叫什么慧圆。及一看见是自己妻室，惊得如痴如梦。高公指着王氏对俊臣道："老夫昨日原说与足下为媒，这可做得么？"俊臣无暇回答，与王氏相持恸哭。众人不解，向高公请问根由。高公命书童取出芙蓉屏来，与众人看了，因说道："此画是崔县尉所画，因被盗劫，崔夫人逃于尼院出家，遇人来施此画，认出此画是被劫之物，故题此词。后来画入老夫之手，崔县尉到来，又认是夫人笔迹。老夫即着人问出根由，暗接夫人到家。密访贼人确实，托薛御史究出斩首。崔县尉同夫人，同住舍下半年有余。老夫一向不言，只因夫人头发未长，县尉敕牒未得，故不欲造次泄露。今贼人已得，他义夫节妇，彼此心坚。今日特与他团圆这段姻缘。老夫方才说'替他了今生缘'者，崔夫人词中之句；所说'慧圆'者，就是崔夫人的禅号。特地使崔君与诸公不解，使今日酒间一笑。"俊臣与王氏听罢，便哭拜高公。在座人亦皆下泪，称叹高公盛德。王氏入内，高公重入座陪席，众客尽欢而散。

是夜另开别院，吩咐仆妇，扶持王氏与丈夫在内安歇。明日高公赠了一奴一仆，又给了好些盘费。夫妻二人同至

尼院，拜谢了院主昔日厚意，以及同伴众尼，仍回高府。崔县尉夫妻感念高公与夫人厚恩，不忍分别，大哭而行，往永嘉去了。上任以后，治得一方风俗佳美。及任满回来，重到苏州，夫妻同来拜谒高公。谁知他老夫妇，俱已去世，殡葬已久。俊臣夫妇如丧父母，亲到墓前哭拜一番。回到真州，与亲友告知其故，众皆称赞高公夫妇之德不绝。

朱元璋贩卖梅子

话说，朱元璋，濠州（今凤阳）人，幼时很贫苦，曾在皇觉寺里做过和尚，元朝至正（元顺帝年号）年间，国内盗贼蜂起，民不聊生。朱元璋在此时，只得做小贩度日。

一天，他买了些梅子，装在车子上，到金陵去贩卖。行至半路，在一处地方，见那柳荫之下，有四五个人，或是舞刀，或是弄枪，或是要棍，个个都好手段，便将车子推在一边，把眼睛注定来看。那些人又各演试了一回，从中一个人叫："好口渴也！哪儿得茶吃一口也好。"却有一个便指着车子说："你可望梅止渴么？"元璋便从车中取出一百几十个梅子，送与他们吃，说道："途中少尽寸情。"那些人不肯受，朱元璋道："四海之内，皆兄弟也！便收了罢。"他们勉强收了，就将梅子匀匀地分作五处，各人逊受一处，便问朱元璋行径。朱元璋将自已做买卖的事情说了一遍，再问他们姓名。只见一个最年少的指着说道："这一个是我们邓大哥，单名愈，从来舞得好长枪。"又指一个道："这是我们汤大哥，单名和，自幼惯舞两把板斧。

侧身扯过一个道："这个是我们郭大哥，单名英，七八岁儿看见五台山和尚到此抄化，那和尚使一条花棍，如风如电一般；郭大哥便从他学这棍法，而今力量甚大，用熟一条铁棍，哪个敢近？……"

一伙儿正说得好，忽起了一阵狂风，对面不识去路，这五个人都扯了朱元璋道："你且到我们家里避一避风，待等过了，你再推车上路，如何？"元璋道："邂逅之间，岂敢打搅？"这五个人道："不必过谦。"只见那后生，先把元璋的梅车推去了，口叫道："你们同到我家来！"众人也把朱元璋扯住了就走；不上半里，就到那后生家里。后生便将车子推进，叫道："哥哥我邀得义兄弟们到家避风。又有一个客人也到此，你可出来相见。"只见里面走出一个人来，那后生道:“这是家兄。”朱元璋因与众人一一分宾主坐下。那后生说道:“方才大风,路上不曾通得姓名完备。”因指着坐在郭英上首一个道:“他姓周,便是周二哥,双名士良,专使得一把点铁钢叉。”又道:“小可姓吴名桢,家兄名良,原是庐州合肥人。家兄也能使两条铁鞭,约三十斤。”

朱元璋便问:“长兄方才在柳荫下大逞威风,幸得注目,看这两把长剑,舞得如花轮儿一般,只见宝剑不见人,这是从哪里学来?”邓愈道:“这个义弟的剑法,真是世上罕有。”

朱元璋应声道:“列位的武艺个个高强,但而今混乱世界,只恐怕埋没了列位英雄!”众人都说:“正是如此!”正说时,只见吴良、吴桢拿出一盘酒饭来,扯开椅子说:“且请酌

三杯。”元璋便起身告辞，吴良兄弟道：“哪有此理？今日相逢，也是缘分，况外面狂风甚急，略请少停，待风息再走。”这些义兄弟也说：“借花献佛，尊客还请坐！”元璋只得坐了。酒至数巡，风越大了，天色将晚，吴桢开口道：“尊客不如在此荒宿一宵，明早风息，方才可行。”元璋道：“在此搅扰，已觉难当，怎敢再在此住宿？”众人又一齐道：“现今日色将晚，离此直过五十六里，方有人家，我们众兄弟，都各将一壶一格来，以伸寸敬，便明早去罢！”朱元璋见他们十分殷勤，且想此去若无人家，何处歇脚，便说：“既然承教，岂敢过辞？但是十分打搅。”说话之间，这些兄弟们不多时俱各整顿了些果品菜肴来，罗列了一桌，攒头聚面，都来恭敬着朱元璋。朱元璋一一酬饮了十数杯，不觉微醉，便说：“酒力不堪，容少息片时，再起来奉陪！”吴桢便举烛照着朱元璋转弯抹角，到一间清净的书房，道：“请小息，停时再请。”便反手关了房门而去。

却说汤和开口对兄弟道：“列位，看这梅子客人，生得如何？”众人都道：“此人外貌异常，后来必有好处！”汤和点头说道：“不错。我们倒可以和他一起做番事业。”众人都道：“言之有理。”正说间，只见朱元璋从那面出来，众人便把方才的话细说一遍。朱元璋道：“我也有志于此，今承诸位不弃，日后如有机会，便来奉请。”是夜，七人都在书房中歇了。

次早天清气爽，朱元璋作谢了众人起身，他们六个说：“我们都送你一程。”路途上说说笑笑，众兄弟轮流把梅车推赶。将近下午，已到金陵地方。恰巧这时瘟疫大盛，乌梅汤服之即愈，因此梅子大贵，不多时都尽行卖完，获得大利。朱元璋对六人道：“我欲往武当进香，送君千里，终须一别，列位且各回家，待我转来，再做区处。”众人说：“我们也都往武当去走一遭。”是日登船渡江，不数日同到武当，烧了香。回到店中，与六弟兄买酒，正吃间，忽有人来说：“滁州陈也先在此戏台上比武。”朱元璋道：“我们也去看看。”只见陈也先身长一丈，相貌堂堂，在戏台上说道：“我年年在此演武，天下英雄不敢有来比试的，倘赢得我，输银一千两。”朱元璋大怒！便跃身上台，说道：“我便与你比比何如？”两人交手，各使了几路有名的拳法，不多时陈也先被朱元璋打下台来。

众人喊笑如雷，也先怀羞，连呼数百人，一齐赶过来动手。朱元璋跳下台往东边走，也先随后赶来，只见邓愈、汤和在左边，周士良、吴良在右边，两边迎着喊杀！吴桢、郭英保着朱元璋先走，那数百人打不过邓愈、汤和等，也不追赶。当下各人会齐，起身回来。

行不多时，忽一人拦住朱元璋去路，说道："小可姓花，名云，从小学得一条标枪，想图些事业，方才看到你的本事，且一毫没有矜夸之色，因此约同三个结义兄弟，华云龙、顾时、赵继祖来投，伏乞不拒！"朱元璋不胜大喜，遂领见了邓汤诸人，一同到濠州来。

却说，这时有个定远人郭子兴，在濠州起兵，自立为王。朱元璋便和众人商议，往投郭子兴。郭子兴见众人个个英

俊不凡，遂都收在帐下。又见朱元璋相貌异常，更加亲信，把养女马氏配与朱元璋。从此，朱元璋便日夕招纳四方豪杰，倾心结交。

一日，忽有两人走来见朱元璋道："小可定远人，姓丁，名德兴。这位是濠州人，姓赵，名德胜。闻公声名，愿归麾下。"朱元璋看那丁德兴：面如黑枣，眼若金铃；穿一领皂罗袍，立在旁，好像光黑漆的庭柱；执一条生铁棍，靠在后，浑如久不扫的烟囱。真个是黑夜叉来人间布令，铁哥哥到世上追魂。

朱元璋因唤他作黑丁。那个赵德胜膂力异常，魁梧出众，马上使一条花槊，运动如飞，百发百中。丁德兴又对朱元璋道："我们定远有一个人，唤作李善长，此人足智多谋，潜心博古。又有兄弟两个，一个叫作冯国用，一个叫作冯国胜，武艺高强，人人称赞。公若好贤礼士，德兴当去招来。"朱元璋道："我一向闻李君的名，正愁无门，可去通个信息，你当去走一遭；若冯家兄弟同来，更好。"德兴便出门而去。不一日请他们三个到来，见了朱元璋。朱元璋下阶迎接，说话之间，句句奇拔，冯家兄弟亦各英伟；因说果然名下无虚。正说话间，朱元璋的外甥李文忠、侄儿朱文正，领着三个人进来。朱元璋便指道："这三位是谁？"文忠道："我们路上正走，不意撞着他父子二人，父亲叫作耿再成，儿子唤作耿炳文，俱膂力过人，路中商量无人引进，故我们带了他们来。

这位姓孙名炎，字伯容，金陵句容人，善于诗歌，向有文学之名，今亦愿在这里做个幕友。”朱元璋大笑道：“今日之会，叔侄甥舅，文学干戈，都已毕集，正是大快事！”席间便问李善长道：“我要一员大将，统领军校，未知何人可用？”善长道：“濠州城外永丰县有一人，姓徐名达，字天德。精通韬略，名震乡关，如今也约有二十余岁了。若得此人，大事可成！”次日，朱元璋对郭子兴说道：“麾下虽有数万甲兵，惜无大将，今李善长荐举徐达，特请命同李善长亲去请他。”郭子兴依允。

朱元璋便同李善长到永丰县，去请徐达。叩门良久，只见徐达自来开门。朱元璋看了，果然仪表非常，又温良，又轩朗，又谨密，又奇伟。三人共入草堂，讲礼分宾主坐了；茶罢一巡。徐达问说：“二位何人，恁事下顾？”善长叙出原因，朱元璋也说了许多钦慕的话，徐达便和二人同来。

次日引见郭子兴，郭子兴授以镇抚之职。数日后，郭子兴命朱元璋领兵攻打滁泗二州，以徐达为副将，赵德胜统前军，邓愈统后军，耿再成统左军，冯国用统右军，李善长为参谋，耿炳文为前部先锋，冯国胜为统制，李文忠为谋计使。朱元璋领令后，即点兵前往。从此攻城略地，兵势日盛，文臣武将日众；后来竟驱逐了元顺帝，削平群雄，做了明朝开国之主，历史上称他“明太祖”。

常遇春破海牙

话说，朱元璋领兵取了滁州，又定计往取和州，却命张天佑、耿再成、赵继祖、姚忠四将，领兵三千，为游击先锋前进。四将得令，望和州进发，直抵北门搦战。城中元将也先帖木儿急领兵三万迎敌，直攻再成。再成舞刀，斗上五十余合，因元兵势大，两翼冲杀，抵敌不住。姚忠上前接战，恨后兵不继，竟被元兵所杀。日暮，幸天佑等兵至，大杀了一场，元兵方才败阵逃走。再成等收兵屯于黄泥镇，损了大将姚忠、兵一千余人，二人十分忧闷，道："必须大兵到来，方好取胜。"朱元璋听得耿再成等败绩，因同徐达、李善长等，到了黄泥镇。二人见了朱元璋，备细说了一遍。朱元璋道："元兵既胜，只宜坚守，何可轻出？以致败误。"喝令斩首，李善长道："今用人之际，望姑宽容，待他将功赎罪。"二将叩谢出帐。徐达向朱元璋道："如此如此，不怕和州不得。此事还须耿再成走一遭。"朱元璋即召再成同继祖上帐，将计说明，再三叮咛同心做事。再成等领计而行。徐达又唤邓愈、汤和、郭英、胡大海，领兵二万，去大道深林中埋伏，如此行事。分遣已定，又对朱元璋道："末将领

兵一万，当先讨战，将军宜领众将殿后。”次日两军对阵，元将也先帖木儿出马，道：“若不急退，应以姚忠为例！”徐达道：“大兵压境，尔还不识贤愚，尚自夸诩。”二人举刀对杀，元阵上张国升、秃坚帖木儿领兵直杀过来。徐达觑空转马便走，元兵随后赶来，未及二十里，只见元兵探马飞报道：“我们被赵继祖劫了大寨，火烧了营盘！”那也先倒戈急走，只见两边伏兵并起，汤和、邓愈、郭英、胡大海夹击而来，后面朱元璋领了大军，又直来攻杀。也先不敢回营，竟领兵直奔和州城边。却见城上都是赤色旗帜，敌楼上徐达大叫道：“也先帖木儿，我已取了此城，少报前仇，你还来什么？”原来徐达先着耿再成，假扮元兵，待也先帖木儿出战，赚开了城门取了和州。那也先听了徐达之言，回身逃命而走。朱元璋的兵正在追赶，只见当先闪出一彪兵来，勒马横枪问道：“来将何人？”也先帖木儿道：“吾乃元将也先贴木儿是也。若将军救我，当有重酬！”那将大喊一声，将身一纵，在马上活捉了也先帖木儿，绑缚了直到朱元璋军前，下马便拜道：“小可怀远人，姓常名遇春，因闻将军怀仁抱义，特来相投，现擒元将为进见之礼！”朱元璋大喜，喝令斩了也先帖木儿。回兵入城，抚慰百姓，派将驻扎和州；次日即带领大兵仍返滁州。

不数日，忽有哨马来报道：“元人又集大兵来攻滁州！”耿再成对朱元璋道：“元兵聚集而来，其势盛大，如之奈何？”

朱元璋道："只须如此如此，何忧不破？"遂传众将听令，各自整点军马行事。

却说诸将得令，四下安顿去讫。耿再成率了部伍，结束上马，来到阵前一望，只见那元兵浩浩荡荡，如云如雾地打来。头一员大将，挂着先锋旗号，不通姓名，直杀过来。耿再成见来势凶猛，便也不打话，两马相交，战上二十余合，不分胜负。再成便沿河勒马而走，那个先锋便乘机领了元兵，一齐赶来。再成见元兵紧赶便紧走，慢赶便慢走，约将二十里地面，只见那柳上插着红旗一面，乘风长摇。再成勒转马来，大喝一声道："你们来送死么？"喝声未已，一声炮响，左边冲出一彪白衣白甲白旗，当先一员大将汤和，左边邓愈、右边冯胜的人马出来；右边冲出那皂衣皂甲皂旗，当先一员大将胡大海，左边赵德胜、右边赵继祖的人马出来，把元兵截作三段。那先锋看势头不好,急叫回军,那军哪里回得及。正惊之间,只见后面城中,又有赤衣赤甲赤旗,当先一员大将徐达,左有耿炳文,右有姚忠,鼓噪而出,杀得那元兵血染成河,尸横遍野。那再成抖擞精神,驾着那追云的黑马,向前把先锋一刀取了首级,余众尽溃。徐达等领兵而回。

却说,巢湖水师头领俞廷玉和儿子通海、通源、通渊,并副将廖永安、廖永忠、张兴德、桑世杰、华高、赵庸等,初投巫彭祖。后来彭祖被元兵所杀,庐州左君弼,便写信去招降廷玉等。廷玉谅君弼不是远大之器,不肯投纳。君弼因统兵来攻廷玉,廷玉累战不利,受困湖中,因集众将图个保全之计。俞通海说道:“今江淮豪杰甚多,不如择有德者附他,庶或可救,不为奸邪所害。”廖永忠便说:“徐寿辉、张士诚、刘

福通、陈有定、方国珍、明玉珍、周伯颜、田丰、李武、霍武皆是比肩分据的。”赵庸说：“此辈都是贪欲嗜杀、鼠窃狗盗之徒，怎得成事？我闻朱元璋仁德无双，又兵强将勇。若去投他，可解此危，你们以为怎样？”家人齐声道：“好。”俞廷玉遂命作书遣人前往求救。

且说这时朱元璋屯兵和阳，正与众将商议，欲取金陵，以为根本。忽报巢湖俞廷玉差人持书求见，朱元璋即命进来，拆书看时，书中说道：

巢湖首将俞廷玉，并男通海、通源、通渊，裨将廖永忠、永安、张德兴、桑世杰、华高、赵庸等，书呈朱将军台下。玉等向集湖滨，久闻仁德，不意左君弼屡以书招，恨廷玉不从，率兵围困廷玉等。敢奉尺书，上于天威，倘振一旅，以全万人。所有战舰千余、水兵万数、资储器械，毕献辕门，以凭挥令。伏惟台谅！

朱元璋得书，与诸将会议。李善长说道："久闻他们水军，十分骁勇，今危急来归，若领兵去援，必效死力。且借之以取金陵，此天所以助将军也。"朱元璋因招使者到帐下，说道："我即日发兵，汝可回报。"遂留李善长、李文忠等守和阳，总理军务，自领徐达、胡大海、赵德胜等，统兵四万，直抵桐城，进巢湖口。君弼因朱元璋兵到逃去，俞廷玉迎朱元璋入寨，备陈归顺无由，蒙提师远救恩同再生。朱元璋慰恤备至。驻兵三日，忽报左君弼勾引池州城赵普胜，一支兵截住桐城闸，一支兵截住黄墩闸，又引元将蛮子海牙，领兵十万，扎住江口，势不可挡。朱元璋大惊，因上水寨，登敌楼观看，果见兵寨数里，旌旗蔽天，金鼓雷震。朱元璋对徐达道："此君弼调虎离山之计，引我入湖，领兵围困，奈何奈何？"胡大海道："将军可领众压阵，臣愿当先，只须如此可破贼围。"朱元璋说道："不然，贼兵势重，你我纵可冲阵而出，部下兵卒安能走还？宜再思良策。"徐达说道："必须一人密从水中上和阳，调取救兵，内外夹攻，方能出去。"只见韩成说道："小将愿往。"朱元璋即写信交给他，吩咐速来，毋得误事。韩成出了水寨，抄巢湖口入江，从牛渚渡河，直抵和阳。见了和阳王，递了朱元璋的信。李善长说道："即须发兵去救。"遂传令邓愈为正元帅，汤和为副元帅，郭英为参谋，常遇春为先锋，耿炳文为掠阵使，吴良、吴祯、花云、华云龙、耿再成、陆仲亨皆随军听用，率兵五万前进，其余将佐与朱文刚、朱文逊、朱文英率兵保守和阳。众将得令，即领兵至江口，与蛮子海牙对阵。邓愈列阵向前，蛮子海牙急命番将二十员迎敌，尚未及前，先锋常遇春挺枪奋击，如摧枯拉朽，无人敢挡。邓愈等催兵并杀，蛮子海牙大败。遂过了牛渚渡，各部将士都去收拾元兵所弃马匹、器械、粮草、辎重，齐往巢湖进发。探子得知信息，报与赵普胜，遂与左君弼说道："你可领兵挡俞廷玉辈内冲，我当领兵拒常遇春等外患。"君弼自己整齐船只，截住桐城闸。

再说常遇春等兵船，将到黄墩闸，正遇赵普胜领了数百只大船前来，常遇春立与赵普胜交战。这时蛮子海牙知赵普胜与常遇春等相持不下，便领兵刺斜中赶来。常遇春见海牙赶来，舍了赵普胜，前去抵敌，两下奋勇厮杀。约半时辰，忽见赵普胜船上火起，贼兵大乱。海牙心慌，常遇春大喝一声，手起一刀将海牙砍落水里。普胜见海牙落水，便拼命摇船，径投蕲州徐寿辉去了。邓愈对众将道："兵贵神速，乘此长驱，俾君弼无备，一鼓可擒也。"便都即刻解舟，向顺风而下。此时朱元璋被困日久，苦无出围之计，只见哨子来

报:“常遇春等连破海牙、普胜等寨,现已至桐城闸了。”朱元璋大喜,即同众将登楼观望,果然西北角上大队人马杀来。朱元璋吩咐:“我们便可从里面冲杀出去。”当下徐达、赵德胜、胡大海共领兵五万、大小船一千余只,列成阵伍,竟冲出来。喜得左君弼船大,不利进退,赵德胜便以小船对战,操纵如飞,廖永安又绕出其后,两下夹击,君弼大败。朱元璋收军。共获战船三百余只,刀杖器械不计其数。

大战鄱阳湖

话说，元顺帝时候，沔阳人陈友谅聚兵起事，攻下江西诸路，自称汉王。至正二十三年七月，朱元璋领兵从牛渚渡入大江，往攻陈友谅。

是时陈友谅屯集大兵于鄱阳湖，听得消息，因召众官计议迎敌。张定边奏道："可先驱船据住水口，彼不能入，必难取胜。"陈友谅答道："此见极是！"急传令取南昌兵及战船至鄱阳湖口，向东迎敌。两家对阵，在康郎山下，朱营阵上徐达当先奋杀，把那先锋的大船杀得血染湖波，共取一千五百首级，乃鸣金而回。朱元璋说道："此是徐将军首功，但我细思，金陵虽有李善长众人保守，还须将军镇摄方可。"因命徐达回守。

次日常遇春把船相连，列成大阵搦战，汉将张定边领兵来敌。遇春看得眼清，弯弓一箭，正中定边左臂；又有俞通海将火器一齐射发，烧毁了汉船二十余只，军声大振。定边便叫移船，退归保鞋山下。遇春急把令旗招动，将船扼守上流一带，把定湖口。那俞通海、廖永忠、朱亮祖等，又把小的战船飞来急应，定边不战而走。汉卒又死了万余。到了明日，

友谅把战船洋洋汤汤一齐摆开，说道："今日定与朱元璋决个雌雄。"朱元璋阵上，也拨将分头迎战，自辰至酉，贼兵抵挡不住。这时朱亮祖跳到一只小船上，带了七八只一样的飞舸，载了芦荻，置了火药，趁着上风，把火直放下来。那些贼船烟焰障天，湖水都沸。友谅的兄弟友贵与平章陈新开及军卒万余人，尽皆溺死，贼兵大败。友谅见势不支，将船急退。那廖永忠奋力追船赶来，见船上一个穿黄袍的，军士们都道是友谅，永忠悬空一跳，竟跳过那船上去，只一枪将此人刺落水中。仔细看时，不是友谅，却是友谅的兄弟友直。原来友谅兄弟三人，遇着厮杀，便都一样打扮，混来混去，使军中厮认不定，倘有疏虞，以便逃脱。

朱元璋鸣金收军，在江边水陆驻扎，众将依次献功。朱元璋说道："今日之战，虽是得胜，未为万全，尚赖诸卿协力！

设法获此老贼,以绝日后之患。若有奇谋,望皆直陈。”俞通海便说道:“我们兄弟,当今夜领兵暗劫贼营,使他士卒,不得安静,来日索战,却好取胜,此亦以逸驭劳之谋。”当下廖永忠也要同去。朱元璋便令点兵五百、战船十只,嘱咐俞通海等小心前去。约定二更时候,将船悄悄地摇到友谅寨边。那些贼兵,屡日劳碌,都各熟睡。时朱兵发声大喊,一齐杀入,贼兵都在梦中,惊得慌慌张张,不辨彼此。朱兵东冲西突,直进直退,那贼人只道千军万马杀入寨来,混杀了一夜,天色将明,才转船而走。陈友仁纵船赶来,忽见前面却有三十只船,把俞通海等尽皆放过,拦住去路。为首一将,白袍银甲,手执铁棍,正是郭英,向前接应。陈友仁见了郭英大怒,直把船逼将过来,却被郭英隔船打将过去,把友仁一个躯骸,连船打得粉碎,贼兵大败逃回。郭英便同俞通海合兵一处,来到帐前,备说一番。

且说友谅被混杀了一夜,折了许多军马,心中纳闷,没个理会。只见参谋张和燮奏道:“臣有一计,可将五千战船,用铁索连为一百号,篷窗橹舵,尽用牛马的皮缝为垂帐,以避炮箭。外边即于山中砍取大树,做了排棚,周围列在水中;非特日不能攻,亦且夜不能劫。”陈友谅听了大喜,即令张和燮督理制造。不数日俱已编遣停当。友谅看了赞道:“真个是铁壁银山之寨,朱兵除非从天而来。”因着张和燮把守水寨,自同陈英杰领了三十号船,出江来战。朱元璋见了友谅笑道:“胜负已分,何不退兵回去?”友谅答道:“胜负兵家之常,今日此战,誓必捉你!”那陈英杰便领船冲来,只见常遇春早已迎敌,金鼓大震,战了三个多时辰,遇春将船连杀入去。却恨朱元璋坐的船略觉矮小,西风正来得劲,友谅的船从上而下,把朱元璋的船压在下流。众将奋力攻打,炮石一齐发作,俱被皮帐遮隔了,不能透入。顷刻间,朱元璋的船被风一刮,竟搁浅在沙滩上,众将船只又皆刮散,一时不能聚合。那陈英杰见船搁住,便把旗一招,这些军船便团团围住,似蚁聚一般。朱元璋船上只有杨璟、张温、丁普郎、胡美、王彬、韩成、吴复、金朝兴等八将,及士卒三百余人,左右冲击,哪里杀得出。陈英杰高叫道:“此时不降,更待何时。”

正在危急之时,忽听得上流呐喊连天,百余只战船冲将下来,剑戟排空,却是常遇春、朱亮祖,闻得朱元璋被围,急来救应。陈英杰奋力来拒,那亮祖上了汉船,横杀了十余人,陈英杰只得转船回去。遇春、亮祖便将朱元璋等救出。朱元璋乃命诸军移船罂子口,横截湖西。

次日,俞通海对众商议道:“湖水有深有浅,不便来回,不若移船入江,据敌上流,彼舟一入,必然擒住。”方欲依计而行,那陈英杰复来搦战,朱元璋大怒说道:“谁与我擒此助虐之贼?”杨璟、丁普郎向前说道:“末将愿往!”朱元璋就命他迎敌。又命俞通海、廖永忠、赵康、朱亮祖、郭英、沐英六将各驾着船,内载芦草火器,前往放火。那陈英杰见了朱军船上枪戟如麻，出来攻击。六将只向前杀了进去，不料一个多时辰，再不见形影。朱元璋捶胸顿足叫苦，可惜六员虎将，陷于汉贼。军中正没个区处，忽然间看那友谅后船，火烧起来。不多时那六员虎将驾着六船，势如游龙，绕出在贼船之后，杀奔而来。朱军看见，勇气百倍，督战益力，摇旗呐喊，震动天地，风又急，火又猛，杀得贼兵大败。友谅见势头不好，急令众船向西走脱。方行数里，早有张兴祖红袍金甲，手执画戟挡住大路，大喝道："友谅逆贼，走哪里去?"一戟直刺入头上，倒船而死。兴祖便跳过船来，割下首级，仔细一认，却是友谅次子陈达，不是正身。鸣金而还。

朱元璋即依着俞通海屯兵江中，水陆结寨，安妥了诸将，各自次第献功讫。朱元璋又与众将计议攻取之术，恰好

军师刘基从金陵来见朱元璋，朱元璋便把战事细细说了一番，就问："目今陈友谅有五百号战船，每号计船五十只，兼领雄兵六十余万，联棚结寨，实是难以攻破，奈何奈何？"刘基听了结寨的光景，便笑道："'陆地安营，其兵怕风；水地安营，其兵怕火；上冈者恐受其围，下冈者恐被其陷。'今水上联寨，正取祸之道，岂是良策？有计在此，令六十余万雄兵，片甲不回。"朱元璋听罢大喜，便问："计将安出？"刘基说道："以火相攻，必然决胜。"朱元璋又道："两三次俱把火攻，但贼寨甚大，四面尽有排棚铁索穿住，外面的火，焉能透到里头？"刘基道："主公可有友谅部下来投降的将校么？"朱元璋道："有，有。"刘基便叫唤来，不移时却有许多，都来听令，刘基因对他们道："君等来降，皆是弃假投真、识时务的好汉。今主公欲破贼兵水寨，要用君等，里应外合，此事甚不轻易，必须赤心报国者，方能成就，若不愿行的，亦听各人自便，不敢相强。"说罢，却有丁普郎三十人，挺身向前说道："我等受主公厚恩，愿以死报！"刘基便对丁普郎道："你们今夜可去诈降友谅，明夜只看外面火起，却从内放火为号。"众将听计说道："举火不难，只怕友谅不信，有误军国大事。"刘基便附普郎的耳朵说了两声，各人便整理随身要用物件，到晚驾一只战船，径抵康郎山下。正是友谅与张定边、陈英杰帐中饮酒，哨子报说："有丁普郎等来见！"友谅唤至帐下，说："你们既降朱家，今夜来此，有何事故？"普郎道："前守孤城，力不能敌,一时无奈所以诈降,今夜得便,故率众逃回,望主公容纳。”友谅道:“你必为朱家细作,假意来此。左右们,可尽行捉下,斩讫回报。”三十人齐声叫道:“我等回来献功,主公怎生疑忌?”友谅道:“你等来献何功?”普郎道:“我等听他定计,叫常遇春来日领二万雄兵,抄路往康郎山袭取水寨,所以冒险来报。指望封赏,反要杀害,此冤哪个得知?”友谅道:“不说不知,几乎杀了好人。”便命赐予酒食。张定边、陈英杰道:“不可,不可!”友谅道:“他是我手下旧人,何必多疑?”因与商议,倘遇春来夺水寨,何计御敌?张定边说道:“主公且莫惊忧!待臣领兵三万,将康郎山小径,截住了遇春来路。主公若破得朱兵,便引大队人马随后来攻,定然得胜。”友谅听罢,便令张定边点兵三万,驾着战船三百只,辞去把截。

次日朱元璋思量刘基所议,水制火攻,亦是兵家之常,但未知今日制变之法何如,吩咐军中整顿,等待军师行事。只听得辕门下,画鼓齐鸣,擂了大鼓一通,四下里巡风角哨的,都去通知诸将官。不一刻,诸将官如云如雨,手执了刀枪,腰挂了宝剑,东西南北,一一依次排立,只等军师升帐布令。又半刻时光,军师刘基大步出来,与朱元璋分宾主行礼讫。朱元璋便道:“今日特请军师升帐,遣兵调将,破敌除残。”军师与朱元璋拱一拱手,竟步入帐中,当有五军参谋使,来禀道:“众将一齐请军师法旨!”军师随吩咐:“主公一统之策，全在今朝！”众将官俱说：“听令！”便将红旗拿一面在手，即唤俞通海为南队先锋，俞通渊为副，带领曹良臣、茅成、王弼、孙兴祖、唐胜宗、陆仲亨、高伟七将，率兵一万，驾船二百只，都是红旗红甲，头戴赤色金盔，手执铁焰火燃枪，往南方进发，待夜分各将木棚锯开，攻打汉贼西边水寨。又将青旗一面在手，唤过康茂才为东队先锋，俞通源为副，带领周德胜、李新、顾时、陈德、费聚、王志、叶升七将，率兵一万，驾船二百只，都是青旗青甲，头戴太乙紫金盔，手执点铜七叶方天戟，往东路进发，待夜分只看木棚，砍开去处，竟冲入水寨军中，砍倒汉贼将旗，从中相帮放火。又将黑旗一面在手，唤过廖永忠为北队先锋，郭世贤为副，带领郑遇春、赵庸、杨璟、胡美、薛显、蔡迁、陆聚七将，率兵一万，驾船二百只，都是黑旗黑甲，头戴黑色金盔，手执水纹铜炼枪，往北路进发，待夜分各将木棚砍开，攻打汉贼南边水寨。又将白旗一面在手，唤过傅友德为西队先锋，丁德兴为副，带领韩政、王彬、梅思祖、吴复、金朝兴、仇成、张龙七将，率兵一万，驾船二百只，都是白旗白甲，头戴冲金盔，手执熟铁点钢叉，往西路进发，待夜分各将木棚砍开，攻打汉贼东边水寨。又将黄旗一面在手，唤过冯国用为中队先锋，华云龙为副，带领陈桓、张赫、谢成、胡海、张温、曹兴、张翠七将，率兵一万，驾船二百余只，都是黄旗黄甲，头戴地平雉翅五色彩金盔，手执十一节四方铜点龙吞锏，往中路进发，待夜分各将木棚砍开，攻打汉贼北边水寨。再调常遇春、郭春、朱亮祖、沐英四将，各领战船三百只，水兵一万，左右参差，埋伏禁江小口两旁，若友谅逃出火阵，必走禁江小口，四将宜奋力截杀，擒获友谅，务成大功。又调李文忠同冯国胜领兵十万，驾船随着朱元璋，把住鄱阳港口，不许友谅的兵一个逃脱。分遣已定，诸将各各领计，出帐施行。

到了夜里，恰巧发起大风，刮得那友谅寨中刺骨寒冷，那些军士也不提防，况是虎吼龙吟的声响，朱军水上往来，砍关截棚，他帐中一些也不知觉。俞通海等五支人马，四面团团地围绕，三军奋力向前，劈开寨棚，却放起火来，只是向内攻击，不多时四面烈焰腾腾地延烧起来。丁普郎等见外面火光，知是大兵已到，遂于大场内也放火烧将出来，内外火势冲天，早有康茂才等七将冲杀中心，砍倒了将旗，四下里放流星火箭，只是喊杀。陈友谅在帐中方才惊醒，急唤长子陈理并陈英杰细问。谁想火势已在面前，对面不知出路。陈英杰道："势不可救，主公可速奔康郎山，投张定边营权避。"陈友谅依议，急急而逃，耳边但闻喊杀之声，震撼山谷。此时丁普郎等，肆行冲击，忽被一阵黑风烟贯将来，把众人一卷，都被烧死，只剩普郎舍身杀出，又被逃兵互相践杀，把普郎身上刺了十余枪。

且说友谅君臣父子三人，走至张定边寨中，备言火烧一节。定边说："此皆是诈降之计！然亦是主公合有此厄，如今他必乘虚来追，不可在此屯扎，不若竟抄禁江小口，再作计议。”友谅传令即行，回看康郎山，火势正猛，顿足大哭，说道：“可惜六十余万雄兵，俱丧于此！”到了天明，渐近禁江小口，张定边向前笑道：“刘基之计，尚未为奇，倘此处伏兵一支，吾辈岂有生路？”言未罢，忽听炮响连天，两岸伏兵并起，左有郭英、朱亮祖，右有常遇春、沐英，四将截住去路。陈友谅慌忙无措，急令张定边催兵抵敌。于是四下纷纷厮杀，自早晨直至酉牌，湖水尽赤，汉兵大败。友谅看事势穷促，即与长子陈理，同陈英杰、张定边，另抢了一只船，径往北奔走。谁想猛风当前刮起，把友谅这只船盘盘旋旋，倒像缚住

的，哪里行得动，恰遇常遇春又来追赶，友谅的船且战且走。未及数里，那郭英、沐英、亮祖又截住来杀，两船将近，只见张定边拈弓搭箭，正射着郭英左臂。那郭英熬着疼痛，拔出了箭头，也不顾血染素袍，便也一箭，正中着陈友谅的左眼，透出后颅，顿时而死。朱亮祖看见已经死了友谅，便同郭英、沐英等收得降兵五万有余，常遇春夺得战船一千七百余只。那湖口浮尸，有四五十里，所获辎重、衣甲、器械，竟像山堆一般。朱元璋鸣金收军，驻在江岸，众将各各献功，开筵庆贺。

大破苏州城

话说，元朝至正十六年，朱元璋取得金陵；二十三年灭了陈友谅，明年遂自称吴王，兵势十分强盛。这时吴中地方，为泰州之张士诚所占有，朱元璋因遣将领兵往攻；张士诚屡战屡败，许多地方都被朱元璋所取，张士诚只得退守苏州。到了至正二十六年，朱元璋遂命徐达为元帅，统领各路人马往攻苏州。士诚闻报，不觉两行泪下，说道："此事怎了？"平章陶存议道："今朱兵强盛，所至郡县，莫敢当锋。以臣愚见，不若献玺出降，庶免刀兵之苦。不然，天时已迫，必非人力能支。"言未已，只见一人大骂道："辱国反贼，长他人志气，灭自家威风，此事断然不可。"士诚定睛来看，恰正是三王子张彪，士诚便问："吾儿你的意下如何？"

张彪道："父王威镇江淮数年，岂可一旦称臣？今城中尚有铁甲五十万、战船五千艘，粮积十年，民多富足，乃不思固守，却欲投降，甚非远图。况此地离太仓不远，万一不胜，还可航海远遁，以为后图，臣意正宜死战，方为上策。"士诚与太子张龙俱说极是，便开

库取出金银财宝，置在殿中，谕群臣中有勇敢当先、舍身保国者，随意所取，待退敌之后，裂土封王，同享富贵。当下有都尉赵玠、平章白勇、万户杨清、指挥吴镇、千户黄辙、总管万平世、统制李献、佥院郑禄，公然上殿分派了宝物，向前说道："臣等各愿领兵一万，为主公分忧。"士诚便命张豹为总督都元帅，张龙为左先锋，张彪为右先锋，八个新领兵的俱带本身厮役，叫前听令。张豹当日簪了两朵金花，饮了三杯御酒，挂了大红剪绒葡萄锦一匹，跨着战马，大吹大擂，径到演武场中军厅坐下。众将官自小至大，向前施礼毕。张豹便吩咐道："今日之战，国家存亡，在此一举。虽不曾卧薪尝胆，此番必须破釜沉舟。凡我三军，各宜努力。我今排下了一阵，你等须小心听令。"那张豹便着军政司，将青色令旗一面，招动千户黄辙一营军马向前，吩咐本营驻扎正东方；将白色令旗一面，招动都尉赵玠一营军马向前，吩咐本营驻扎正西方；将黑色令旗一面，招动指挥吴镇一营军马向前，吩咐本营驻扎正北方；将红色令旗一面，招动万户杨清一营军马向前，吩咐本营驻扎正南方；将黑间白色令旗·面，招动总营万平世一营军马向前，吩咐本营驻扎西北方；将黑间青色令旗一面，招动平章白勇一营军马向前，吩咐本营驻扎东北方；将青色镶红令旗一面，招动佥院郑禄一营军马向前，吩咐本营驻扎东南方；将白间黑色令旗一面，招动统制李献一营军马向前，吩咐本营驻扎西南方；将黄色令箭一支，招

动自己帐前大队人马向前，吩咐临镇中宫。众将士看张豹分拨已定，便发了三声号炮，呐了三声喊，一直到十里之外，依令屯扎了营寨。那张豹也轩轩昂昂，在后面徐徐而行。

早有哨马报与徐达得知，徐达便叫军中搭了云梯，同常遇春、沐英、郭英、朱亮祖四人仔细一看，但见各阵有门，各门有将，有动有静，倏开倏闭，中间浩浩荡荡，列列森森，不知藏着几十万兵马。徐达笑了一笑，对着四将道："不想此人也有如此学问，且到明晨挑战，方知他光景。"下得云梯，恰好俞通海取了太仓，并昆山、崇明、嘉定、松江等路，华云龙取了嘉兴等县，全军而回，来见主帅。徐达见二将得胜，喜动颜色，吩咐筵宴，与二将节劳。此时却是暮冬天气，瑞雪飕飕而下，虽然酒过数巡，诸将见徐达只是踌躇不快，便问元帅却为什么来？徐达对说："方才看见张豹这厮，排下那阵，甚有见识，我忧此城，但恐一时难下。"

次日黎明，探子报道："周军摆阵。"徐达细思了一番，说道："此行还用常、朱二将军走一遭。"便命常遇春、朱亮祖两将迎敌。临行之时，对二将说道："二位可以先往，我当另外遣将接应；但此阵甚难测度，倘得胜时，切勿轻骑追赶，防他引诱。"二将得令便率兵一万前去，阵前摆开厮杀。只听张豹阵上传令道："今日须吴指挥出阵，黄千户、赵都尉接应。"吩咐过了，但见正北营门内，放了三个天响炮，挨挨挤挤、轰轰烈烈地拥出一万有余兵马，直杀过来。遇春、亮祖见他来的势猛，便分开两路夹攻，那吴镇毫无惧怕。三将正在混杀，谁想正东营里，又是与那正北营里，倒像约会的一般，不先不后，一声锣响，两边人马盖地而来，把遇春军马截作两段。遇春叫道："朱将军你去救援后军，我当保着前军，力战那厮。"亮祖拼命撞入后阵来。那些军士看见亮祖来救，就是如鱼得水，欢天喜地地附着喊杀。两位将军分位前后左右，自辰至午，互相厮杀不见一些胜负。忽看北边有一队人马，郭英、汤和、孙兴祖、廖永忠前来接应。张阵上见有兵来，便将重围散开，各自寻对头相拼，前后六将，合作一处对着。黄辙、赵玠、吴镇三匹马又战了两个时辰，看看天晚，两边收了军马，各返本营。

遇春等领兵回寨，备说了他出兵的方向，并救应的事体。自此以后，一连相持了半月，但见他阵中甚是变幻，一时难得通晓。徐达在帐中十分烦恼，忽听帐外报道："伪周将士遣使来见。”徐达因升帐问来使道：“你三将军张豹，因何着你到来？”那人答道：“我主帅拜上将军，说明日是元旦，彼此相持，未必便见分晓，且各休息数宵，再下战书迎敌，特此来约。”徐达因胸中未有决胜之策，便随口应道：“这也使得。”那使者领了回音出帐而去。

却说伪周无锡守将莫天佑，从小便习武艺，身长丈二，面如喷血，有万夫不当之勇，人都称他为莫老虎，善使一把偃月刀，屯兵十万，在无锡城中足为士诚救应。他见朱军驻扎苏州，日夜攻打，终有难保之势。心思一计，写了三封信，一封着人往方国珍处投递，一封着人往陈友定处投递，一封着人往扩廓帖木儿王保保处投递，约他趁朱兵攻打苏州之时，正好乘势侵扰地方，朱兵彼此不支，必能得胜。他三处得了天佑来信，果然友定从闽广来到界上侵扰，国珍从台州来界上侵扰，王保保遣左丞李二，来到陵子村，在徐州界上侵扰，三处的文书齐至金陵。朱元璋便令李文忠领钱塘兵八万，东敌方国珍；令胡德济、耿天璧领婺州、金华兵八万，往敌陈友定；令傅有德领兵五万，往敌李二。一面又着人到徐达帐前知会，各家兵马俱动，都是莫天佑之故，可仔细提防。徐达得了信息，朝夕在帐计议，只见张豹打下战书，说道：“上元已过，十八日交战。”徐达仔细思量了一夜，次早升中军帐，着军政司打了几通鼓，吹了几声画角，那些将军依次在帐前伺候。徐达便道：“明日交兵，诸将俱宜小心，以济大事。”诸将齐声道：“听令。”徐达便取令箭一支，唤过俞通海充正面队先锋，华云龙、顾时为左右翼，领精兵五千，俱用白色旗甲，攻打伪将正东营；取号箭一支，唤过耿炳文充西北队先锋，孙兴祖、丁德兴为左右翼，领精兵五千，俱用黑白杂色旗甲，攻打伪将东南营；取号箭一支，唤过朱亮祖充正南队先锋，张兴祖、薛显为左右翼，领精兵五千，俱用红色旗甲，攻打伪将正西营；取号箭一支，唤过郭英充正北队先锋，曹良臣、俞通渊为左右翼，领精兵五千，俱用黑色旗甲，攻打伪将正南营；取号箭一支，唤过吴祯充正南队先锋，俞通源、周德兴为左右翼，领精兵五千，俱用黄色旗甲，攻打伪将正北营；取号箭一支，唤过沐英充正东队先锋，赵庸、杨璟为左右翼，领精兵五千，俱用青色旗甲，攻打伪将西南营；取号箭一支，唤过康茂才充东南队先锋，王志、郑遇春为左右翼，领精兵五千，俱用青红杂色旗甲，攻打伪将东北营；取号箭一支，唤过廖永忠充中军左哨先锋，唐胜宗、陆仲亨为左右翼，领精兵一万，俱用黄黑杂色旗甲，从东南营杀入；取号箭一支，唤过马胜充中军右哨先锋，陈德、费聚为左右翼，领精兵一万，俱用黄红杂色旗甲，从东北营杀入；取号箭一支，唤过汤和充中军正先锋，蔡迁为左翼，韩政为右翼，统精兵三万，俱用纯青、纯白、纯红、纯黑四色旗甲，从正北营杀入，四围放火；取号箭一支，唤过王弼、茅成、梅思祖三将，各领兵五千，出阵迎敌，待他明日，那营出兵，必有两营接应，只可佯输，诱其远赶，以便我兵乘势夺寨；取号箭一支，唤过陆聚、吴复二将各领本部人马，坚守老营，以防冲突；常遇春独领精兵五千，沿路冲杀，只留西北一营，不去攻打，以便彼兵逃窜；自率大队，从后救应。分拨已定，只等明日行事。

到了次早，忽然哨子来报，东北营中平章白勇领兵一万杀过来了。朱军阵上，早有王弼持刀迎敌。未及半个时辰，他正南上杨清、西北上万平世，各领兵前来接应，恰好茅成、梅思祖放马前来阻挡，六匹马搅作一团。只见梅思祖卖个破绽，径落荒西走，杨清便勒马来追赶，那白勇与万平世恐杨清得了头功，因一齐赶上来，王弼、茅成也将马放来厮杀。正杀得十分热闹，只听得寨中一声炮响，朱营里各路兵马，都杀出来，径往张豹阵中，分头去攻打。匆忙之中，俞通海等杀入正东营内，朱亮祖杀入正西营内，汤和杀入中军，惊

得张豹上马不及，汤和便一刀砍折了马脚，张豹只得从军中逃窜。韩、蔡两翼兵马，就四下放起火来。中军帅旗，早被乱军砍倒。烟尘满眼，个个只得寻路而走，哪一个敢来对敌。吴祯杀入南营，谁想杨清一营已在外边接应白勇，竟是一个空寨，便报着耿炳文等，杀入东南上。那营中正是佥院郑禄把守，他看朱军杀入，便率众相持。炳文手起一枪，正中着郑禄左腿，便把郑禄活捉了，吩咐军士，押在囚车内。吴祯对炳文说道："杨清既在阵前，我自赶去杀了他，才完得我事。"炳文道："是。"吴祯便自去了。炳文径杀入张彪阵内，那张彪正与廖文忠三将相持，炳文大喊一声杀去，张彪见不是事，即带了残兵，只向兵少的去处逃走。那朱亮祖杀入西营，只见些散军一路跪着迎降，更不见有赵玠，亮祖便坐在本营厅上问道："你们赵玠走在何处？"那些小军回说："赵都尉闻知将军杀来，便顿时逃走，不知去向。"说犹未了，谁想这贼闪在后，把刀向背上砍将过来。幸得恰是刀背，把亮祖肩上砍了一下，亮祖熬着疼痛，即跳转身，急抢刀在手，就在堂上两个战了数合。那赵玠觉得难当，拖刀向外便跑，亮祖赶上一刀，分为两段。张兴祖、薛显起初看见营中投降，只道无事，便在外边寻人相杀，忽听见营中喊声，方杀入来，那赵玠已结果了，营中一万人马尽皆投降。亮祖仍出营来，见沐英三将已杀了李献，俞通海三将已杀了黄辙，郭英三将已杀了吴镇。四哨人马，合作一处，望着张豹的中营，俱是烈焰焰地烧着；便将马从西北上放来，忽听得营内，喊声大震，沐英、郭英、朱亮祖、俞通海吩咐各哨两翼将军，俱率兵在外，不必随入相混，止四马赶入，看他光景。只见张彪、张豹领了残兵，聚集营内，保着张龙与冯胜、汤和、廖永忠、耿炳文等厮杀。沐英四将乘势赶进，杀得尸如山积，血似河流。张彪保着张龙，拼命向西北路上奔走，张豹一人力敌众将。那阵上白勇、万平世、杨清，正与王弼等交战，忽听得朱兵分头杀入老寨，回头一看，烟障冲天，三个急急赶回。恰撞着吴祯一彪军来，手起一枪，正中着万平世的心，立死于马下。白勇急上前来救，那枪稍转处一带，径把白勇一只眼珠带了出来，俞通渊赶上一刀，连人和马，砍作两截。杨清便勒马往别路逃走去了。张彪保着张龙而行，只听林丛中叫道："还哪里走？"睁眼看时，是常遇春挡住去路。兄弟二人说道："一身气力，杀得没有些儿，又撞着对头，奈何！奈何！"正没做理会，恰好张豹带了残兵逃走过来，兄弟合作一处，也不与遇春相对，径冲阵而走。遇春飞马追赶，将到城门，那城上矢石铳炮如雨地飞下来，遇春也不回兵，便令将校迎元帅大队人马到来，分头攻打苏州。顷刻之间，诸将军毕集，吴祯把万平世首级，沐英把李献首级，朱亮祖把赵玠首级，郭英把吴镇首级，俞通渊把白勇首级，俞通海把黄辙首级，一一到帐前依次献了。耿炳文亦令军中推囚车上帐，徐达当命把郑禄斩首。

却说康茂才同着王志、郑遇春带了人马，杀入东北营中，正有二三百个守营的颓卒，各转身沿路去寻白勇下落，只听得说："白平章今日当先骂阵，倒是十分凶狠的。"茂才听知，便往杨清那边杀来，恰撞着巡哨将徐仁、尹晖两个，带领五千精兵，从北路而行，阻住去路。茂才心中想道："这送死贼，倒替了白勇的晦气了。"便排开阵势，混杀了一个时辰，后来徐仁望见中营火起，即刻同尹晖脱身，朱军阵上哪个肯放。那尹晖枪法渐乱，茂才转过一刀，结果了残生，徐仁便杀条血路而走。茂才招动人马去追，谁知杨清见吴祯杀了万平世，俞通渊杀了白勇，便领残兵逃走；正撞着徐仁，合兵作一处。那徐仁见杨清既来，茂才一哨兵又没应接，仍来迎敌。郑遇春看见徐仁马头将近，大叫一声，说道："看

箭！”徐仁只道果然有箭，把头一低，遇春乘势一刀，把头砍了下来。茂才心知杨清又要逃走，把旗一招，朱军便密匝匝围他在中心。未及半晌，被王志一枪中着马脚，那马仆地便倒，众军向前，把杨清砍了数段。茂才方得收兵转来，哨马望见了茂才一彪人马，飞也似报知徐达说："康将军从东路来了。"徐达听得，便同众将出帐外来望，恰好茂才下马进来，备说前事，徐达大喜。因令冯胜为首，同廖永忠、郭英、吴祯、赵庸、杨璟、张兴祖、薛显、吴复、何文晖九员虎将，领兵二万，围住葑门；汤和为首，同曹良臣、丁德兴、孙兴祖、杨国兴、康茂才、郭子兴、韩政、陆聚、仇成九员虎将，领兵二万，围困胥门；常遇春为首，同唐胜宗、陆仲亨、黄彬、梅思祖、王弼、华云龙、周德兴、顾时、郑德九员虎将，领兵二万，围困阊门；沐英为首，同俞通海、俞通源、俞通渊、费聚、王志、蔡迁、郑遇春、金朝兴、茅成九员虎将，领兵二万，围困娄门；朱亮祖领兵三万，屯扎城西北上；耿炳文领兵三万，屯扎东南上。设为长围，搭起木架，竖着敌楼，四处把火炮、喷筒、鸟嘴火箭，及襄阳炮，日夜攻击。徐达自统大军六万，环绕诸军之后，相机救应，防御外边来救兵马。诸将得令，各自小心攻打不题。

且说张龙、张彪、张豹领着残兵，不上万余，逃入苏州城，见父王张士诚，哭诉朱兵十分厉害，无可处置。士诚正在烦恼，忽见探子慌忙入朝报道："朱兵四下密布，重重地把各门围了。”士诚惊得手脚忙乱，便集民兵二十万，上城看守，炮弩矢石防设甚严。朱兵屡被伤折，竟围了三个月，不能破城。徐达乃令于城河外四周，筑成高台十座，每台长五十步，阔二十步，与城一样高，上盖敌楼，以便遮蔽，整备铳弩攻打。那士诚看见外面如此光景，与群臣设计抵挡。张彪奏道：“不如潜夜出城，径做航海之计为上。”士诚听了，便收拾宝玩细软财物，领了家眷，深夜开城，突围而走。常遇春一见，便分兵截住，那士诚军马，拼命厮杀，良久，胜负不分。此时王弼统领众军。遇春见了王弼，高声叫道：“军中皆称君与朱亮祖为雄，今亮祖独屯兵于西北，不当机会，足下何不径取此贼。”王弼听了，直挥双刀，奋勇而前，遇春便率众帮助。恰好亮祖又到，三面夹攻，喊杀将来。士诚兵马大败，溺死沙盆潭者，不计其数，士诚坐着的马也几乎堕入水中。遇春同亮祖并入追赶，一枪刺去，正中张龙，下马而死。士诚惊忙，逃回城中，坚闭不出。次日，徐达令军校上台攻打，放起火箭神枪，火铳硬弩，飞将过去，那盘门上的守兵抵敌不过，纷纷逃窜。朱军看见，飞跃上城，开了城门，放入众将。那士诚看见城破，便率领子女及妻刘氏，并家属同登齐云楼，自行放起火来，把合家烧死。自己走至后苑梧桐树边，大叫数声，解下紫丝绦自缢。突然走过沐英，一箭射断了丝绦，士诚堕地，沐英着军校上前捉住。这时常遇春亦将张豹等杀死，徐达收了图籍并钱粮器械，与众将会合在一

处，议定即日班师回金陵，只留数将，在苏镇守。谁想那士诚拘在军中，只是闭着双眼，咬着这口牙齿，军校们劝他吃粥吃饭，只是不吃，未到金陵，便已饿死了。

祝枝山大闹明伦堂

话说,明朝时候,苏州有个才子祝允明,号枝山,这一年带了家童在杭州周文宾家里过年。那时杭州的风俗,除夕那夜,家家人家都要在门上贴一副无字联。祝枝山听到这个消息,当夜乘着酒兴,对祝童道:“你捧着墨壶,带些大小笔,随我出去。”又向周文宾的仆人周德说道:“管家高兴,也可以跟我去玩玩。”周德道:“小人去点灯笼,跟着祝大爷去玩玩。”于是周德前行,枝山、祝童后随,便到外面去写无字对联。三个人出了周府的门,周德高提着灯笼,照着家家户户,大大小小的无字联都已贴齐。大家走了一程,走到一家门口,祝枝山有些技痒了,便问周德,这家是什么人家?周德道:“这是积善人家,常行好事,是杭州有名的善人。”枝山便提笔在手,蘸一蘸祝童手中托着盛有磨浓的墨汁的墨壶,凑一凑周德手中高举着的灯笼的灯光,下笔飕飕,写着普通吉语,叫作:

向阳门第春常在,
积善人家乐有余。

又走了一程路,却见茅屋三间,东倒西歪,板扉上也贴

着无字对联。枝山道:“这家做什么的?”周德道:“这是唱小热昏的,在城隍庙中说新闻,南腔北调,倒是很滑稽的。”枝山道:“对联有了。”提笔写道:

三间东倒西歪屋,
一个南腔北调人。

又走了一程,一家大门很是阔绰。枝山道:“这家总是仕宦门庭,做的是什么官?”周德把嘴一披道:“做什么官,只是一个长随出身,和我一样的;不过他手头积得了许多钱,居然起造大屋,和衣冠中人常常往来。”枝山道:“原来是长随出身,那么我来调笑他一下。”提笔写道:

家居绿水青山畔，

人在春风和气中。

枝山笑向祝童道："你是会得批评文字的，这副对联写得切不切呢？"祝童道："大爷不是说要调笑他么？照这十四个字，不是调笑他，却是赞美他；便把来贴在周二爷的门上，也觉相称。"枝山道："你这批评便不到家了。要是贴在周二爷的门上，便是赞美他；现在贴在那家的门上，便是调笑了。你不见上下联的第一个字，一个是'家'，一个是'人'么，明明调笑他做家人，你怎么看不出呢？"又行了一程，却见一家黑漆墙门，髹得闪闪有光，门上贴着洒金珊瑚笺；旁边还有两扇侧门，也贴着略短一些的朱砂笺。枝山道："美哉轮欤，美哉奂欤？这是哪一家呢？"周德轻轻地说："这是徐子建的住宅。徐子建仗他是个秀才，专替人家包打官司，诨名两头蛇。他这枝刀笔，实在厉害，是杭州城中的响档讼师。'无风要起三尺浪'，祝大爷你放过了这一家罢。"枝山道："原来便是徐子建的住宅，我来送他两副对联。"先写着大门对联道：

明日逢春好不晦气，

终年倒运少有余财。

写了大门联，走过几步，又写侧门对联道：

此地安能居住，

其人好不伤悲。

这是粗俗对联，周德见了也明白，忙道："祝大爷，你真惹祸招殃，'太岁头上去动土'了。徐子建不是好惹的，明日开门，见了这些不祥之词，怎肯和你干休？快快抹去了罢。"祝童道："对联上又没有落我们大爷的款，他便见了，也不知是我们大爷写的。"枝山笑道："祝童这句话，倒提醒了我，不如落一个款，好教他认识我祝某。"便在旁边落着"长洲祝允明"五字款。又回到大门前，也是照样地落了一个款。周德摇了摇头儿，明知到了来朝，定有一场口舌；但是已经写着，只好由他罢了。又知道祝枝山绰号洞里赤练蛇，徐子建诨名两头蛇，看他们彼此“蛇咬蛇”，毕竟谁胜谁负。祝枝山写过了徐子建的门对，一路行去，又写了几家，不须一一细叙。壶中墨尽，他的兴致也有些阑珊了，便回到清和坊周公馆里去歇宿。一宵无事，来日便是大年初一，杭州风俗，岁首迎神开门，一阵开门的霸王鞭，点得劈劈啪啪地响。众人见那每条巷里的无字联，总有几副变了有字联，个个称奇道怪。

却说徐子建元旦起身，换了衣冠，拜过天地以后，又去拜祖先遗像图；拜罢，吩咐家人道：“元旦有三忌：忌乞火，忌汲水，忌扫地，这三桩关系一年休咎，牢记！牢记！”家人们应声如雷的当儿，冷不防开门小厮来兴，气吁吁地进来报告道：“相公不好了！”徐子建怒骂道：“狗才，今天是什么日子，登坑也要讨个利市，叫花子口中也要哼一声‘一年四季赚元宝’，怎么小事重报，开口便说这不祥之词！”来兴道：“不是小的说这不祥之词，是人家在相公门联上写这不祥之词。昨夜贴的无字对，今朝变作了有字对，相公不信，自去看来。”徐子建半信半疑，踱着方步，负着双手，出了大门，先看上联道：“明日逢春好不晦气。”便摇了摇头儿道：“没趣！没趣！‘百年难遇几朝春’，今朝元旦，恰是立春，不料触这大大的霉头！”又看下联道：“终年倒运少有余财。”便吐了一口涎沫道：“放屁！放屁！”又看到落款“长洲祝允明”，不禁呵呵大笑道：“原来是他。”来兴指着侧门道：“这里的对联也写

着字。”徐子建又去看了一笑，便道：“祝枝山，祝枝山，你枉算是吴中才子、一榜解元，你也会着这一下臭棋啊！”来兴道：“那个祝枝山，可是在府太爷衙门中题诗赚得三百两纹银的祝枝山？”徐子建道：“便是这个祝枝山，哪有第二个？他能欺侮杭州太守，却不能欺侮我徐子建。来兴，你把门儿掮下，放平在地，含着清水，向门联细细地喷。略待一会子，糨糊便脱了黏性，才好把门联囫囫囵囵地揭将下来，这便是个绝大证据。祝枝山，祝枝山，我不把你吃瘪，我便不是徐子建。”说罢，自回里面。来兴奉着主命，便把对联揭下，拿给徐子建。

元旦这一天，徐子建为着讨取吉利起见，并无举动。到了初二日，便约齐了几位酸朋醋友，商议对付的方法。众秀才看了这侮辱对联，都抱定着地方主义，说：“祝枝山是苏州人,他在苏州撒野,不干我们的事;现在他要撒到杭州来了,若不把他吃瘪,足见得我们杭州无人。'是可忍也,孰不可忍也?'"于是一致主张,和他到明伦堂上讲理去。当下印着传单,遍发杭州内外的秀才们,约定正月初四日上午,在杭州府学明伦堂上和祝枝山评理。周文宾得了消息,来见祝枝山,埋怨他多事:"自古道'众怒难犯',你怎么写这两副侮辱徐子建的对联?秀才们动了公愤,只怕你抵挡不住。"枝山大笑道:"周老二放心,看祝某凭着三寸不烂之舌,在明伦堂舌战群儒。从前诸葛亮舌战群儒,还觉得不大简捷。舌战一人,须得准备着一种说话;祝某舌战群儒,只消三言两语,管教众秀才人人失色,个个低头。老二不信,何妨陪我上明伦堂?看是他们的理长,还是我的理长?"文宾听了,疑信参半。外面已送进众秀才的公信,约期和祝枝山在明伦堂上相见。枝山写了回信,交付来人,应允他们准期相见。这便是批准了战书,到了规定的日子,唇枪舌剑,便须开始工作。

到了正月初四日的上半天,明伦堂上衣冠大会,众斯文先先后后,来了五六十人。祝枝山写的两副对联,用别针别在门上,徐子建向着众秀才说明缘由。众秀才腐气腾腾,怒气冲冲,恨不得把祝枝山生吞活剥,一口吃下,以泄胸头之恨。他们等候了良久,却不见祝枝山到来。徐子建道:"他若不到场,便是自知理屈,我们尽可以具着公禀,到衙门里去告他一状。”众秀才道：“若要具禀，我们一齐签名。须得把他驱逐出境，才可大快人心。”

这时忽有人指着外面道：“这不是周解元么？同来的一个胡子是谁？怕是祝枝山罢。”于是大家都有着一种示威举动，趁着祝枝山在甬道上走，没有踏在庭阶的当儿，众秀才便七张八嘴起来：“……何物骚胡子，敢在人家门前放屁？”“……在人家门前放其黄犬之屁者，祝阿胡子也……”“祝枝山乎？汝其大放厥屁者乎？……”众秀才连呼：“放屁放屁。”以为先声夺人，好教祝枝山闻而失色。谁料祝枝山面不变色，若无其事，停着脚步向周文宾说道：“周老二，我们走错了路也。”文宾道：“这里明明就是明伦堂，并没有走错啊。”枝山道：“为什么这里的明伦堂和苏州的明伦堂大不相同？苏州的明伦堂一片承平雅颂之声，这里的明伦堂一片大放厥屁之声。”明伦堂上的众秀才吐了吐舌尖，只几句话，便见得祝枝山的厉害。当下不敢啰唣，只有呆看他上堂。徐子建是个老奸巨猾，抱定着先礼后兵的宗旨，假扮作和颜悦色的模样，下阶相迎。枝山道：“且待堂上的屁放完了，登堂相见，未为迟也。”子建笑道：“祝先生取笑了，快请登堂，我们三学同人恭候已久了。”于是祝、周、徐三人同上庭阶。枝山道：“踏上明伦堂，礼教为先，《诗经》上说的：‘相鼠有体，人而无礼。人而无礼，胡不遄死？’列位仁兄，祝允明有礼了。”说时，举着双手，在众秀才面前团团一拱。众秀才只

得纷纷回礼，一声声地“祝先生请了”“祝解元请了”“祝孝廉请了”……只为祝枝山背了四句《相鼠》之诗，众秀才便不好有什么无礼行为。他们原定的计划，一俟祝枝山上了明伦堂，便要把他围在垓心，不是指指搠搠，定是拉拉扯扯，遇着有相当的机会，打他几下冷拳也是好的。现在为了这四句《相鼠》之诗，便禁住了他们的无礼行为。大家坐定以后，徐子建首先开口道：“久仰枝山先生是江南解元、吴中才子，得蒙光临杭郡，荣幸非常！除夕枉驾敝巷，有失迎迓。承赐门联，生辉蓬荜。但是……”以下的说话，还没有出口，枝山已抢着说道：“子建兄谬赞了，素仰子建兄的大名，如雷贯耳，屡欲登堂拜谒，只为素昧平生未敢造次。除夕道经贵府,适见无字对联,一时技痒,便写了两副善颂善祷的对联,好教子建兄新年纳福,献岁呈祥。”子建冷冷地说道:“承蒙,承蒙,这般善颂善祷,古今罕有。兄弟和枝山先生往日无仇,今日无怨,不该写这咒诅之词,教兄弟大触霉头。枝山先生的赠联,兄弟已揭取下来,用别针钉在这里,以供众览。枝山先生把兄弟这般毒骂恶咒,试问新年纳福,福从何来?献岁呈祥,祥在哪里?”众秀才都读着这两副对联,纷纷批评:“……‘明日逢春’,这句话还不错;接一句‘好不晦气’,吁!是何言欤?殆所谓幸灾而乐祸者欤?……‘终年倒运’,这一句骂得太毒了;还加着一句‘少有余财’,这叫作毒上加毒。……侧门的联语,也是不说好话。‘此地安能居住’,似乎子建先生的宅子是住不得的。徐姓已住过三代了,难道会变换风水?真正岂有此理!下联这一语,尤其出乎情理之外了。‘其人好不伤悲’,这‘其人’两个字,自然指着房主人而言,以下紧接‘好不伤悲’四字,刻薄极了!恶毒极了!幸人之灾而乐人之祸,可乎哉?可乎哉?……”

祝枝山忽地仰着头儿,看着屋梁,长叹一声;忽又垂倒了头,呵呵大笑。众秀才见了,莫名其妙,便问枝山先生你为什么仰面长叹?祝枝山道:“杭州文风是很好的,祝某虽然目光不济,瞧不清匾额上的姓名,但是这几位高掇巍科的杭州先达,祝某都能一一举其姓名。自从太祖高皇帝洪武四年辛亥开科,直到当今天子正德三年戊辰科止,先后一百数十年间,杭州考中状元者一名,考中探花者二名,考中会元者一名:似这般的文风,理该敬佩的。可惜今日杭州的文风,一落千丈了,教祝某怎不仰而兴叹?”众秀才又问道:“你为什么俯而大笑?”枝山道:“出过状元、探花、会元的杭州,科名佳话,盛极一时。论理呢,杭州城中的三学生员,没有一个不通的了。去年除夕,祝某写的两副对联,要算意义浅显的了,读给卖菜佣、挑粪汉听,他们也不会误会了意思。诸位仁兄,都是黉门弟子、庠序生员,又兼生在人文荟萃的杭州地方,为什么见了这两副意义浅显的门联,兀自看不明白,发生了许多误会?还披着一领青衿,自称是三学生员,俯视一切,祝某因此呵呵大笑。不过仔细思量,诸位的文学,绝不会这般幼稚,也许和祝某开开玩笑。岂有卖菜佣、挑粪汉都听得懂的东西,饱学秀才反而看不明白的道理?……”众秀才听了这似嘲似讽忽离忽即的话,立时又啰唣起来。徐子建起立说道:“三学同窗好友,暂请镇静,不须喧闹,自古道:‘三个人抬不过一个理字。’又道:‘有理无理,出在众人嘴里。’枝山先生赠给兄弟的门联,人人都说是毒骂恶咒,枝山先生却以为善颂善祷。今天当着三学同窗,便请枝山先生宣讲这善颂善祷的意思,果然讲得入情入理,这便是徐某输了。对于枝山先生理当认罪道歉。要是讲得不合情理,这便是枝山先生输了,也该听凭三学同人公同议罚。”枝山道:“这般办法,祝某认为大公无私。不过怎样判罚,须得预先当着大众布告。无论输的是谁,都要照着这布告的方法处罚。”徐子建高声呼唤道:“三学同窗好友,请你们公共议定一个怎样处罚的方法。”于是众人论调不同,也有主张理屈的在明伦堂上拜四方的,也有主张在石牌楼下做三声狗叫的,也有主张插着扫帚在甬道上学那犬马跑路的:那时众口纷纭,莫衷一是。众秀才里面还是一个曾充幕友的何秀才有些主张,他说:“这般处罚,不过取快一时,在实际上是毫无益处的。”众秀才都说:“依着何仁兄的主张,应当怎样办法?”何秀才不慌不忙,套着六言韵文的论调,说出一个办法道:

要定谁输谁赢,须看今朝舌辩。如果理屈词穷,罚修大成宫殿。

何秀才提出这个办法,全体一致赞成。祝枝山道:“办法是有了,但是罚款的数目须得当众议定。一俟议定以后,分毫不许增减才是道理。子建兄以为何如?”子建点头道:“果然要预定一个数目,以便彼此遵守。”说时,便暗暗地估定一个数目,他想祝枝山到了杭州,吃的用的都是周解元的,不见得有什么银钱带来。但是杭州太守请他题了一幅画,送他润笔白银三百两,他还没有用去,不如趁这机会,一股脑儿地呕它出来。于是高声提议道:“枝山先生提议预定罚金的数目，徐某以为若要修葺大成殿，至少须得白银三百两，便把此数作为罚金，诸位仁兄以为何如？”大众一片声地说道：“好极，好极。”周文宾陪着祝枝山坐在一起，笑向枝山说道：“老祝听得么？不多不少，恰是白银三百两，你留心着！”枝山摇头道：“老二，你放心罢！”

徐子建道：“一切都已议定了，舌战开始，便是此时。”祝枝山道：“且慢，且慢，评定曲直，须得有一公正人在场，才无流弊。但看三家村里集一个三百文制钱的小会，尚且要请一位司证先生，何况一出一入，关系白银三百两？倘没有公正人在场，这是不行的。”众秀才听了，也赞成这个办法。但是今天明伦堂上在座的人，谁可以做公正人呢？于是有人推举周文宾，说：“周解元是原籍苏州，而寄居于杭州的，既不是我们三学同窗，有他做公正人，便可以一秉至公，决定谁胜谁负。”周文宾暗想不妙了，这木梢搭上了我的肩架，倒不是生意经。今天的舌战，宛似《左传》上说的：“内蛇与外蛇，斗于郑南门中。”内蛇是两头蛇，外蛇是洞里赤练蛇。我帮了内蛇，老祝便是衔恨我卖友；我帮了外蛇，徐子建又要衔恨我胳膊向外弯了。在这当儿，周文宾连忙起立说道：“兄弟今天到场，只可追陪末座，万不能做两造的公正人。我和徐子建兄有乡邻之谊，又和祝枝山兄有朋友之情，无论帮助谁总脱不了嫌疑。不是说我偏袒了乡邻，定是说我爱护着朋友，这公正人三字，文宾万万不敢接受。……”周文宾把公正人的名义拒绝以后,大众又喧扰起来:“周解元不做公正人,谁做公正人呢?”徐子建毕竟乖巧,他便起来说道:“我们在明伦堂上讲理,合该请本学教谕汪老师来做公正人。这位汪老师既不是苏州人,又不是杭州人,自无偏袒之心。况且年高德劭,身居师儒的地位,他派着谁错,谁都不敢强辩。有他做了公正人,可谓‘人地相宜’。……”徐子建道了一句“人地相宜”,众秀才都像应声虫似的,一齐喊起“人地相宜”的口号来。子建又问:“枝山先生意下如何?”枝山道:“你们都说‘人地相宜’,我也不能说‘人地不宜’了,要请就请,以便早决雌雄。”徐子建道:“兄弟便去请汪老师到场,诸位少待。”周文宾又暗替枝山着急。秀才们和人家讲理,便请本学老师做公正人,无论如何,老师帮着自己门生,这一回的舌战,老祝总要吃亏的了。……府学教谕的衙门,便在学宫里面,教谕本是冷官,这位汪老师尤其是毫无官气,不脱书生本色。他的大堂上的楹联道:

百无一事堪言教,
十有九分不像官。

把教官二字嵌在句尾,却和祝枝山在除夕写的“家人对”遥遥相对。徐子建上了大堂,恰值汪老师从里面出来,不期而遇,觌面相达。原来汪老师知道今天上午三学秀才在明伦堂上和苏州祝允明解元讲理,他防着人多口杂,闹出事来,和自己的面子有碍,正待率领着门斗前去弹压,恰值徐子建跑来请老师做公正人。汪老师道:“老夫身任本学教谕,学宫中有事,理当到场监察,便是徐贤契不来邀请,老夫也得到明伦堂上去监察一下。”徐子建听说大喜,便陪着汪老师出了学署,来到明伦堂上做公正人。

汪老师跨上了明伦堂,三学生员同时起立;祝周二解元也来上前相见,口称老师,自称晚生。汪老师道:“二位解元公,难得有这机会一堂相会,周解元曾经会过几次,祝解元还是初次识荆,久慕你才如鸾凤,笔走龙蛇,今日相逢,异常荣幸!只是可惜了……”枝山道:“晚生何德何能,敢邀老师夸赞,既没有什么可奖,也没有什么可惜。老师又是夸赞,又是可惜,晚生愚昧,倒要请教。”汪老师道:“老夫素重公道,今天讲的也是一句公道话,虽然和足下初次相逢,不该说这逆耳之谈,但是骨鲠在喉,总得一吐为快。须知恃才傲物,非君子之所为,足下不该在敝门生徐子建门上,写这毒咒恶骂的字。”枝山道:“且慢,老师今天到明伦堂上,还是做公正人?还是做太监老公公?”汪老师笑道:“祝解元取笑了,老夫来到这里,自然来做公正人,做什么太监老公公呢?”枝山道:“若做公正人,老师且慢责备晚生,请坐在公正的座位,静听两造曲直,然后秉着公正的态度,发着公正的言论。是贵门生错的,立时罚他交出纹银三百两,存在老师署中，克日开工动土，修理这座年久失修的大成殿；或是祝某错的，祝某的财产万万比不上贵门生徐子建兄的家私万贯，但是这三百两纹银，有太守公送我的一注润笔，还没有用去，也可以立时交出，决不拖欠分毫。这是公正人应有的职权。可惜老师上了明伦堂，不问情由，便帮着贵门生把晚生一顿排揎，这不像公正人了，像了一位太监老公公。凡是皇帝老子训责百官，每每差遣太监老公公传旨申斥，这便可以不问情由，一上了堂，便把那官儿一顿排揎。老师既不是太监老公公，秀才们又不是皇帝老子。老师你是公正人，快请坐在公正人的座位中，晚生便要和贵门生开始辩论了。”汪老师听罢，默然不语，便坐在居中的一张椅子上，暗暗佩服这名不虚传的祝允明，休说文才可以考中解元，便是辩才也可以考中秋榜的第一人。祝枝山道：“那么晚生便要和贵门生徐子建兄开始辩论了。子建兄请了，你方才说我把你毒咒恶骂，请把毒咒恶骂的缘由，向贵老师申说一遍。”徐子建指着屏门上张挂的对联，算是真凭实据；又把方才的解释，重说了一遍。汪老师听了子建的话，又把这两副门联，细细地看了一遍，起立说道：“祝解元，证据现在，以这般的措辞，怎说不是毒咒恶骂？”枝山道：“老师兼听则明，偏听则暗。你才听了一面之词，还没有到批评曲直的时候，请你在公正人座位中暂坐片刻，听晚生申说理由。”汪老师又碰了一鼻子的灰，默然不语地坐在公正人座位中。枝山又团团地一拱手道:“诸位仁兄,我不是说这两副对联都是善颂善祷的话么?徐子建兄说我把他毒咒恶骂,他自己在毒咒恶骂,我何尝把他毒咒恶骂?”徐子建不服道:“怎说我自己咒骂着自己?”枝山道:“明明是吉祥句子,被子建兄读了破句,那便不佳了。”子建道:“这是很粗浅的句子,怎会读了破句?”枝山道:“子建兄,告罪在先,你别生气!我说的一桩笑话,并不是说你。从前有一位善读破句的学究,死到冥间,冥王为着他误人子弟,罚他投生做猪,学究央求着投做南方的猪。冥王问他什么意思,他说:‘南方猪强于北方猪。’只为学究把《中庸》上的‘南方之强与?北方之强与?’读了破句,才有这笑话。子建兄的大才和那学究不同,但是祝某所写的对联,却被你读了破句,以致善颂善祷的话,变作了毒咒恶骂。”子建道:“请问枝山先生,怎样读法才不是破句?”枝山道:“这是很容易的。上一联是五三读法,上句五,下句三;下一联是三三读法,上一句是三,下一句也是三。要是子建兄还不明白,我来圈给你看。”说时,从自己笔袋中取出一支水笔,拔去铜笔套,在门联上圈断句读。只这轻轻几圈,便变换了语气,大门联是上五下三读法:

今岁逢春好,不晦气;

终年倒运少,有余财。

侧门联是上三下三读法：

此地安，能居住；

其人好，不伤悲。

枝山把水笔收拾好了，照着圈断的句子朗诵一遍，便问："诸位仁兄，这两副对联句子是不是善颂善祷啊？"读者，那祝枝山的魔力真大，只这轻轻几圈，非但变换语气，而且把众人的眼光也都变换了。明伦堂上的秀才们，本是徐子建请来助威的，在这时候，忘却了自己的立场，反而和着祝枝山的调，说什么："确是吉祥句子啊！""确是善颂善祷啊！"枝山又向汪老师说道："老师，这是你可以发出公正批评的时候了。晚生写的两副门联，晚生自认是善颂善祷，今天在场的诸位贵门生也都说是善颂善祷。请问老师,凭着你的公正眼光看来,是不是善颂善祷?"汪老师没有什么说了,点了点头道:"自然也是善颂善祷。"枝山道:"那么,子建兄输了,三百两纹银快快取出,这修筑大成殿的款项万万吝惜不得!你看杭州府学失修到这般地步,便没有今朝舌战的事,凡是杭州秀才也该量力捐助。子建兄,尊价在哪里?快快唤他回去取银罢!"可笑一钱如命的徐子建,平日用去一文两文的钱,尚须量量轻重厚薄。今天罚去三百两,宛比割却他心头的肉。当着许多人,又不能抵赖前言,只得打发来兴回去取银。祝枝山占了上风,不肯便回,一定要眼见徐子建交出三百两纹银,才肯出这座学宫。等了好一会子,来兴捎着款项交付主人。有现银,有银票,徐子建点了一遍,忍痛交付汪老师,忒楞楞两手发颤。枝山见了,又是可怜,又是可笑,也就和周文宾回去。

题诗募捐

话说，苏州祝允明（枝山）在做广西兴宁知县的时候，一天，来了两个秀才，一个叫作萧秉礼，一个叫作古可风，因为文庙将要倒塌，请祝枝山拨一笔款子修理。祝枝山道："修理文庙，关系一邑文化，自然是地方官应负的责任。但不知修理工程，可曾估价么？"萧秉礼道："在胡知县任内，晚生等曾经估工，大概须银一千两。只为胡老公祖无意兴学，虽经估价，依旧作罢。忽忽数年，塌败愈甚，大概原估的一千两是不够的了。"古可风道："现在便即兴修，至多不过一千五百两，若再迟误，那么工程愈大了。"枝山道："若要本县拨款修理，势必通详上司。而且上司准许不准许，还在不可知之数。文庙倾圮在即，须得急速动工，才是道理。本官到任以来，拒绝一切馈赂，两袖清风，只待着按月的俸银过日。兴宁知县虽非瘠缺，但也不是肥缺，只是一个中缺罢了。本官立誓不把做官的钱带回乡里，一有盈余，便即用在地方的公益上面。去年多了纹银一百两，便在兴农劝稼上面，筑建了两个

亭子,以便本官下乡时和百姓商量农事,比较阴晴。现在呢,本官又多了纹银一百五十两,正想在公益上面用去,既是两位茂才公前来请款修庙,本官便首先捐助银一百五十两。虽然为数不巨,但已占着全部工程的十分之一。其他十分之九,意欲向绅商那边婉言劝募,但不知本县首富,是怎样的几家?”萧、古二秀才见祝知县很慷慨地捐助俸银,当然十分钦佩。便说了几处绅官人家,以便枝山按家去劝募。枝山道:“这几家绅富,是哪一家最为殷实? 最为慷慨?”萧秉礼道:“殷实的不慷慨,慷慨的不殷实。若要又是殷实又是慷慨,这几家里面,竟找不出一家。”古可风道:“城中绅富，要算木商许久卿最为殷富，但是他并不慷慨，唯有一癖。他虽不大通文，却喜收藏书画，在那书画上面，要他多出些银钱，倒也容易。若在修桥铺路上募他捐助，却一毛不拔。”枝山点头不语，两秀才离座兴辞，枝山送他们到暖阁旁边，方才入内。到了里面，卸去公服，忽祝童传来一幅柬帖，上写“菲酌候光”，下署“治晚生许久卿顿首拜订”。订定的日子，便是明日——十月初六日。宴饮的地点，却在老蚌湖旁边的蚌湖别墅里面。枝山见了大喜，忙道：“准去赴宴，准去赴宴。”吩咐祝童快快回复来人：“明日本官一定到蚌湖别墅去赴宴。”祝大娘娘奇怪道：“你到任以来，凡是绅士请宴，往往托词不到，防着他们在酒酣耳热的时候，有什么夤缘请托。今天姓许的备帖请宴，你为什么这般欢喜？大有‘听说道一声请，先是五藏神愿随鞭镫’的意思。”枝山笑道：“太太有所不知，下官为什么这般欢喜？为着许久卿折柬邀客，倒是一个募修文庙的绝好机会。”便把方才萧、古两秀才的来意，述了一遍。祝大娘娘听了，方才恍然。

一宵无话，到了来日，祝枝山坐着轿儿，带着仆从，天色黎明，便去赴宴。为什么这般早呢？只为蚌湖别墅，离着县城有二三十里之遥，须得黎明出城，才能够在午前赶到。原来兴宁县的老蚌湖，在县境的东北部分，也是风景区域之一。相传湖的里面，有一只千岁老蚌，其壳大于车轮，每到夜深，老蚌侧立一壳，乘风往来；于是烟波里面，吐出巨珠，

光芒直亘里许。那老蚌湖就此出名。这是老蚌湖相传的一种神话,为了这神话,倒供献与文人学士不少资料。便是木商许久卿的别墅,所以要建筑在老蚌湖旁边,也是艳羡着珠光照夜的故事。别墅的一座楼上,题名叫作“照夜楼”。旁边的对联,便是“不愁明月尽,自有夜珠来”两句唐诗。居中一幅画轴,便是绘的蚌珠射月图。许久卿今天的宴会,便在这座照夜楼上。许久卿羡慕这位祝县令,是江南的有名才子。枝山莅任以后,他曾折柬相邀。枝山为着公务很忙,婉言谢绝;今次宴会,已是第二次相邀了。久卿心中,防着枝山不来,却不料下帖人回报,说:“祝知县明天一定前来赴宴。”许久卿好不欢喜!一者,知县光临,多么荣誉;二者,许久卿附庸风雅,曾由画师替他绘了一幅《寒江独钓图》。图

画新成,尚无题咏,若得这位江南才子祝知县题这一首诗,他便出些润资,也是很愿意的。今天席间,他便要把此事相恳,料想祝知县既来赴宴,一定可以即席挥毫,使画幅增光十倍。他今天所请的陪客,很有几位咬文嚼字的人,他以为知县是才子,陪知县的当然也要请几位风雅之流,才能够互相对付。待到巳刻光景,已遣着家丁,在长亭里面守候,望见了知县大老爷的轿子,便要骑着快马,到别墅中去禀报。所以祝枝山轿到蚌湖别墅,许久卿早已整肃衣冠,在大门口迎接这位祝老爷。待到枝山下轿以后,许久卿迎入里面,先在花厅上分宾主坐定,又介绍两位陪宾:一位是新科举人胡调甫，是许久卿家中延请的西宾；一位是老秀才韩朗斋，曾任蚌湖诗社的社长。久卿以为论到科名，这位胡举人是个秋榜中的人物；论到诗才，这位韩秀才是个诗社中的祭酒。至于本人虽是个大腹贾，但近年来也曾学作吟哦，懂得调平仄，懂得押韵脚，在许多商人里面，也算得“铁中铮铮，庸中佼佼”。所以他见了祝知县，一味地咬文嚼字，表示自己也是一位通品。枝山虽然目力不济，但和三人坐得很近，觉得许久卿脑满肠肥，未脱伧荒俗气；韩朗斋胁肩谄笑；胡调甫唯唯诺诺，无非豪门中的应声虫。彼此敷衍了一会子，许久卿便引导着枝山，到别墅中去参观一番。果然水木明瑟，别有风光；所欠缺的，便是主人翁太俗耳。参观完毕，方才登楼入席，枝山的随从祝童也有许姓的账席先生陪着在楼下

饮酒。楼上的一席酒筵，异常丰盛。酒过数巡，许久卿便颂扬枝山的德政。枝山当然谦逊，不敢自居为功。许久卿笑道："老公祖何须谦让？自从到任以来，老公祖的爱民如子，有加无已，可谓'得陇望蜀'。"胡调甫也不辨主人说的话，究竟得当不得当，便随声附和道："确是'得陇望蜀'。"枝山知道咬文嚼字的主人翁，这一句"得陇望蜀"，引用得不得当了，便笑答道："爱民如子呢，这是贤主老太奖饰了，本官未敢接受。至于'得陇望蜀'四字，施于本官是很不切当的，只好移赠贤主人了。"韩朗斋暗想不妙，只好替主人翁转圜其说道："老公祖误听了，许久翁说的是'德隆望重'，不是'得陇望蜀'。"枝山笑道："原来如此，但是本官德既不隆，望亦不重，这四字褒词，也只好移赠主人。"许久卿仗着有韩朗斋替他辩护，益发高兴。

酒至半酣，许久卿吩咐卷起十三扇湘帘，陡觉得十里湖光，都收入画楼里面。又加着小春时节，日暖风和，有多少渔舟，在清波上面往来荡漾。一种纯任自然的气象，仿佛东坡公"放乎中流，听其所止而休"的快乐。枝山放下酒杯，掏出了眼镜，向着波面渔舟，出神了一会子，不禁微微太息。许久卿道："老公祖眺望风景，因何感叹？"枝山道："世上有两种神仙：樵子是陆地神仙，渔翁是水上神仙。本官见这往来渔舟，如在画图里面，海阔天空，无拘无束，不禁自叹弗如。"许久卿道："老公祖羡慕渔翁，晚生也是羡慕渔翁。"枝山道："足下养尊处优，享受林下之福，怎么羡起渔翁来呢？难道抛却了高堂大厦，做一个独钓寒江的渔翁么？"许久卿笑道："老公祖猜着了。晚生确曾抛却了高堂大厦，做一个寒江独钓的渔翁。"枝山笑道："主人翁受得起这般辛苦么？"许久卿道："真个要晚生钓鱼，却是不惯的，晚生只在纸上钓鱼。"于是吩咐童仆，把这幅《寒江独钓图》取来，供贵客欣赏。于是在席边另设一几，摊着画幅，请枝山观看。枝山本是赏鉴专家，看了这一幅行乐图，便知出于名人手笔。江上风光，写来毕肖。只可惜独立江干手执钓具的老渔翁绘得太俗了，虽然穿蓑戴笠，模样儿和渔翁相仿，只是这一副脑满肠肥的面孔，依旧是守财奴的尊容，而不是江上渔翁的本相。枝山在心里鄙薄，口头当然要说几句恭维的话。许久卿听了大喜，便说："这一幅画图，是出于第一流画师手笔，当然也要恳求第一流名人题词了。老公祖吴下才人、粤东循吏，若得挥洒数行，不胜万幸！"久卿道罢，胡调甫、韩朗斋二人，也是代为恳求。枝山道："本官居乡时，虽然喜弄文墨，但是一行做吏，此事遂废。所以到任以来，并没有替人题过一首诗，作过一篇文。今日蒙贤主人厚意殷勤，却之不恭。但是……"说到这二字便不说了。许久卿便知道他无润不写，须索润金，便道："若蒙老公祖赐一题词，晚生愿纳润笔之资。"枝山大笑道："本官虽然出身儒素，却看得财帛很轻；润笔不要，所要的却是润庙。"许久卿忙问什么叫作润庙。枝山道:“本邑的文庙,若不润色一下子,坍败便在目前了。自古道:‘富润屋,德润身。’贤主人既然知道润自己的屋,合该也知道润圣人的庙。你要本官题画,润笔是不要的,所要的只是润庙之资。”许久卿忙问要多少润庙之资。枝山举起一只手道:“贤主人肯出这起手之数,本官便立时替你挥毫。但是人家举手,是表示着五数,本官一举手却表示着六数;只为本官比人家多了一个指头,本该五百两的,也要变作六百两了。”许久卿觉得题一首诗,索价六百两,似乎太老辣了。不过他提出修理文庙的大题目,似乎不能和他计较多少,便答应了捐助文庙修理银六百两。枝山又要他写了凭据,才肯挥毫题画。于是落笔飕飕,写着枝山拿手戏的一笔草书,写的是“老翁不知何许人,披蓑垂钓来江滨。龟……”

写到这里,便停着笔。许久卿不识狂草,自有韩、胡二人,念给他听。但是写到这个不甚恰当的龟字,便停笔不写了。单写上面两句,倒也罢了,多着一个龟字,这幅名画便成废纸,许久卿不由地便着急起来了。枝山道:“贤主人不须着急,文庙的工程,不是六百两纹银可以竣事!贤主人倘能再捐四百金,凑成千金,那么便可把这首题词续写下去,管教颂扬得宜,使那画图增重;要是不然,本官只可即此为止,不赘一词了。”许久卿舍不得这一幅名画归于废弃,不得已又写了续捐文庙四百金的凭据。枝山便在龟字下面添了

六个字,叫作“龟蒙昔有天随艇”。

胡调甫拍手道:“妙极妙极,只这一句,主人翁便是唐朝大诗家陆龟蒙先生了。”韩朗斋道:“陆大诗人自号天随子,往往以艇为家,老公祖把这位大诗人比拟主人,可谓比喻确切。”许久卿暗想多费了四百金,换得一位唐代大诗人的荣誉,倒也值得。正在得意时,枝山提笔又写了三个字,叫作“君是龟……”

写到这里,枝山又放下了一支笔,呵呵大笑道:“算了吧,以下还有四个字,缓日再题吧。”这便急煞了许久卿——第一次写到龟字便停笔,这个龟字还没有指定是谁;现在写到“君是龟”三字，这龟字便有了着落，分明指着图中人而言。便自己懊悔着失计，不该求荣反辱，特地请他来题诗，讨这一场没趣。枝山见主人翁神色沮丧，便笑着说道：“足下不用担忧，且待本官开诚布公，向足下讲个明白：只为修理文庙，曾经约略估价，须在一千五百两之谱，除却本官捐俸一百五十两，足下捐银一千两，总共一千一百五十两。照着估价算，尚短三百五十两，这不是‘为山九仞，功亏一篑’么？贤主人倘能再捐三百五十两，尽其全功，那么本官这一首诗，也来尽其全功，管教颂扬得宜，绘图生色。”许久卿暗暗估算，当时要人绘这幅《寒江独钓图》，也曾出过四百两的润资，现在为着题词，又捐了一千两，这幅图画的价值，足值一千四百两。倘然吝惜这尾找三百五十两，那么一千四百两的作品都成废弃，岂不大大的可惜么？他既打定了主意，便道：“老公祖要晚生尽其全功，在所不辞，但不能再有波折，动笔以后，老公祖重又搁起笔来。”枝山笑道：“本官一再停笔，不为己谋，只替孔子募捐。捐款既足，题词亦就，哪有停笔之理？”许久卿没奈何，只得又写了三百五十两的捐款；还得恳求这位祝老公祖须在笔下留情，莫写什么调笑之词。枝山点头不语，提笔写完这一首诗。他在“君是龟”下，只轻轻地加着四个字，这便是揄扬而非调笑了。若问怎样加法，他写的是“君是龟蒙身后身”。

题完了这一首诗，又署着上下款。在座的韩、胡二人都向许久卿拱手祝贺道："主人大喜，从此以后，你便是本朝的陆天随先生了。"许久卿好不欢喜。这三百五十两银子，他以为使用得很得宜，既保全了这一千四百两的作品，又买得一个天随后身的荣誉；将来镌刻图章，又可刊一方"天随后身"的私印，并非自夸，却是出于江南才子祝县令的品评。那么一洗市侩的俗氛，竟成了风雅名流，岂不占了大大的便宜么？于是谢了枝山。这一席酒，竟尽欢而散。

李闯王起义

明末时候，陕西米脂有个李自成，从小十分无赖。他的父母死亡以后，不能度日，便在义父周清的打铁店里打铁，一面结交许多朋友，胡乱吃喝。

那时正值国中大乱，秦晋两河一带，盗贼纷起，李自成见许多人推崇自己，不免有些雄心。平日在打铁店里，约定五七个知己商议道："世界既乱，或者明朝江山不久，将来不知鹿死谁手？或者要我们做皇帝，也未可定。"各人都道："极是！极是！"李自成道："目下我们就要准备，待时而动便是。"就中有一人唤作牛金星的，说道："李兄之言很不错，但怎么样准备呢？"李自成道："我现在做这打铁店的生理，实在凑巧，可在夜间，暗自把铁器打成军械、军装，先藏好了。待机会一到，即起行事，有何不可？"牛金星道："倘谋大事，所需军装不少，这间打铁店有多大本钱，只靠店里打造军装，怕不足用奈何？"李自成道："你言亦是。但有本钱若干，就打造军器若干便了。"说了各人都以为是，不料事有凑巧，李自成的义母赵氏又一病

身故。因此一切家财统落在李自成手下,一发有钱挥霍,就将所有周清夫妇遗下的钱财,都拿来打造军器。又借延请伙计之名,多寻几个同道中人来打造。非止一日,打造军装不少。李自成就对各人道:“现在军械已有,但一来没有粮草,二来又没有人来做军师,替我们谋事,也是枉然。”牛金星道:“这里附近有一个秀才,与老兄是同宗,这人姓李名岩,熟读诗书尤多韬略。且家中资财殷实,就附近一带看起来,总算他是一个富户,倘得他出来相助,不忧我们的事弄不来。”李自成道:“吾亦闻李岩之名久矣,只惜不曾拜见过他,有什么法子,方能请他出来相助?”牛金星道:“我去请来。”

原来那李岩亦是延安府米脂县的人,自幼聪明很有才能。所以到了弱冠之时,就进学了,却不曾上进。为人有些慈祥,家道又颇殷实,凡邻里中有老弱的人日不举火的,常有周济于人。且他是个读书人,在乡中亦算一个小小的绅士。他又没武断乡曲。故同里的人,也很仰慕他。恰那时正值荒年,附近李岩乡里一带,又遇亢旱百物不生,穷民流离。李岩心殊不忍,即具禀县令,诉称地方亢旱情形,穷民无食,求县令开仓赈济。那县令唤作周鉴殷,看了李岩禀词,初还置之不理。那李岩见日久不曾把他禀批出,暗忖县官为民司牧,绝没有如此没良心,把难民不顾的;也疑自己的禀子,被衙役搁住,便亲自求见县令周鉴殷,意欲面请赈

济。那周鉴殷料知为着求赈的事，也怒李岩渎扰自己，正要把他申饬，故立即请李岩进了厅里。李岩行过礼后，即道："日前治下学生会进呈一禀，因为地方荒旱，居民乏食，恳求赈济的，不知公祖曾阅过没有？"周鉴殷道："也曾阅过了，只是你是个读书人，本该知道做官的难处。你看年来西北各省，哪一处没有灾荒，倘处处尽要赈济时，哪有许多闲钱买米行赈呢？"李岩道："各省的事，由各省大员料理。本县的事，应由公祖料理。正唯荒旱的事，坐在本县的地方，所以求公祖赈济。"周鉴殷道："便是本县所辖，也有许多地方。因你们乡邻饥荒，就要赈济，怕别处又来求赈，又怎么样呢？"李岩见他说话，来得不好，心中已自愤怒，说道："因为见地方居民，流离艰苦，目不忍睹，以为公祖亦必有个怜悯之心,故来请赈。倘公祖不允时,亦难相强。”周鉴殷道:“哪个没有怜悯之心,不过难以赈得许多罢了。你本是个绅士,若见居民流离,就该劝慰。若劝说赈济,哪有许多闲钱呢?”李岩这时怒不可遏,并被他斥责,即答道:“公祖动说,哪里赈得许多?看连年水旱,哪曾见赈济过一次来?你还说要我慰劝饥民,不知待到来年,怕要饿死了许多人了,还哪里望得见来年丰收?你公祖不肯赈济就罢了,还责我不劝慰饥民,哪有这个道理?”周鉴殷见李岩说这些硬话,不觉拍案大怒道:“你前时递那张禀子来扰我,我不责于你,也算是莫大之恩。你却不自理,又到本衙渎请,本官正与你说得好好的,你还要骂我。难道本官不能治你的罪吗?”李岩道:“何曾骂过公祖?只公祖说得不近理,我一时说得鲁莽些,也是有的。倘公祖不欢喜,任从把这名秀才详革。但我有什么罪名,难道白地要杀我不成?”周鉴殷到这时,越发愤怒道:“你敢轻量本官么?你快走就罢,你倘再不见机,本官自有利害给你看。”李岩听罢,知他做官如此,不必与他斗口,他若真个把自己陷害,自己终吃了眼前亏,实是不值,倒不如走了为佳,便不辞而去。

李岩出县衙,回至家里。寻思县令如此玩视民瘼,看此荒年,不知饿死几多贫民,方能了事。又思县令叫我何不把家财来充赈款,我倘舍不得这副家财,反叫县令得说闲话了。便拼此家财不要,也没打紧。想罢,便将家中所有财产，一概发放出来，尽充赈济。那时饥民又多，只有李岩一个人的家资，济得甚事？竟像杯水车薪，难以遍及。随后有许多饥民，赶到李岩门前求赈的，也没得应付。李岩只得把自己委曲说出，称自己家财已一概净尽，再没有可以放赈。又把县令逼责自己的话，一五一十说出。饥民无不愤怒，便至千百成群，一声呼喝，都拥至县令衙门求赈。那县令周鉴殷没得发付，只令衙役把衙中头门闭了，驱逐饥民而已。饥民声势汹涌，以为将至尽行饿死的时候，便是杀头也顾不得了，要将头门打破，还在门外大呼道："李秀才也曾禀求赈济，你做官的竟至不顾我们，倘饿死了，断不令你县官一人独生！"你一言我一语，闹作一块。县令周鉴殷听了，也疑是李岩指使，故意令这班饥民来寻自己吵闹，心中更愤。待饥民嚷闹了一回散去后，即要向李岩泄发这点愤气，即详禀上司，说称李岩那人，散放家财，买结民心，志在谋乱，及聚集多人闹官哄署，要激变举事。详到上司，非同小可，立即发落县令，要拿李岩到案审讯治罪。还亏李岩平日知交很多，早有上司衙役，得这些风声，急急飞报李岩知道。李岩那时听了，一惊非小，但自念临危受命，本无难处，即与亲朋说知此事。渐渐更遍传将来，人人都知道李岩遇祸。县衙差役第一次到李岩家内要拿李岩时，那些饥民受过李岩赈济，只知道报恩，急上前相助，拥到李岩门口；恰见衙役到来，都怒从心上起，把那些差役打得落花流水。那时李岩苦劝不住，

打得那些差役恨不得爹娘多生两条腿,快些逃走了。李岩料知这事弄大,更没得挽回,悔之不及。果然那些差役回至衙里,因被人打了一顿,心中正愤,连李岩苦劝各人勿打的话也不提起,只单说李岩家内已聚集千百人,把自己打走。周鉴殷听了,以为李岩更有了罪名了,立即又详禀上司:称李岩已聚众殴打官差,志在谋乱无疑。今他聚集多人,官差料难传他到案,总要派遣大兵,方能把李岩拿住,以遏乱萌。上司见禀,立即大怒,即令调起五城人马,要拿李岩到案。当时又有人飞报李岩,那李岩听了这个消息,正踌躇无主意,欲闭门自刎,忽家人报有牛金星到来相见。李岩也记起与牛金星本有一面之交,此时无心款接,不料牛金星已进来了,李岩不得不见。到厅里坐下,牛金星已知李岩被官勒迫,不免用言安慰李岩道:“弟不料有此无妄之灾,今日得与老兄相见,此后再不能相会了。”牛金星道:“老兄何出此言?”李岩便把始末事情略述一遍,并说要自寻一死。牛金星大怒道:“世间哪有这等官吏,秀才为一方所仰望,岂可无故自就死地?”李岩道:“我岂不知?现今官家起动大兵,要拿小弟一人。小弟即欲逃走,料官吏必书影图形,四处拿我,我逃到哪里去?故不如一死,免被官司拿获时,惨受酷刑。”牛金星道:“秀才不比别人,倘一旦死了,贫民必道秀才被官司逼死,更与地方官为难,那时怕九族牵连。不特秀才一家难保,实为一方之害。今为秀才计,倘有一线生机,亦当留此身命,以待后来申雪。今不过一县令,蒙蔽上司,以至于此。难道周县令在米脂县做到死了那一天不成?”李岩道:“弟非不知,但今大祸方临,谁肯收留自己?所以不如一死。”牛金星道:“秀才且宽心。弟有一好友,疏财仗义,济困扶危。今与秀才且到那里,暂避一时,再做计较。”李岩道:“如此虽好,但放下家人,我哪肯一人独生?”牛金星道:“可一并与家人同去。”李岩道:“如此又怎好打扰贵友?”牛金星听罢,力言不妨,一面催促。李岩无奈,即令家人快些收拾细软,离了家门,随牛金星奔走。牛金星直引到李自成那里。

后来官兵一到，只见李岩家内空无一人，只有些粗笨东西遗下，料知李岩已先自逃去了。当时各贫户也多不知李岩已先逃出，只恐李岩被官兵捉去，都不约而同一齐拥至李岩门外，只见官兵一个人也拿不着，心中暗自欢喜。其中亦有些知李岩先已逃走到李自成打铁店里的，不免互相私议，你一言我一句，早被官兵听得，也就往李自成打铁店来。那些穷民自然不舍，也跟着官兵之后而往，要看看李岩是否被官兵拿着，方才放心。那李岩一家老幼随着牛金星到了李自成店里，正在通过姓名，各人正向李岩安慰，忽贫民飞跑到李自成家报信。李岩听得，即道："今番为弟一人，必累及诸兄，于心不忍，我不如出见官兵，任他捉拿，免得同遭灾难。"李自成道："哪有此理？便是秀才被捉，那些狼官狗吏安肯轻恕我们？必道我们是窝藏秀才的，也要连我们也须捉拿了，且秀才既已到来，哪有任你一人独自拘拿之理？彼此兄弟一般，便是死也死在一处。"时有多人在旁，听得李自成的话，都说李自成有义气，都愿舍身抗拒官兵。李岩道："他有二三百人，我只十数人，哪能敌住他？"李自成道："一人奋勇，万众难挡，我自有法。"便命把店门关起，嘱咐各人把住门口，奋力拒敌。李自成却拿了弓箭，独自坐上屋去。

说声未了，早见官兵蜂拥而来。李自成登高一望，见有许多饥民随着官兵。他想起日前饥民因感李岩施赠，有抗打官差之事，便大声喝道："你们许多饥民，曾受李秀才大恩,本该相助李秀才与官兵对敌,方免得被暴官拿去。”说罢便弯弓搭箭,趁官兵未抵门前,即向县令发射。不料那县令是个没用的东西,早被李自成一箭射中肩上,已翻身落马。那时官兵正欲围攻店铺,只见县令跌落马下,却反惊慌起来。那些贫民又不下数百人,一来听得李自成的话,二来又见县令中箭落马,都呐喊助威。官兵见贫民众多,反欲逃窜。这时贫民有举空拳向官兵殴打的,有出其不意抢去官兵刀枪的,乘势刺杀官兵。李自成一面发箭,一面叫店里的人开了店门驰出帮助。官兵斗敌不过,各各逃走。那时饥民又众,正恨周县令不已,欲把他杀却,方泄其恨,还亏官兵把县令救起,负伤而逃。牛金星各人自官兵去后,正洋洋得意,李岩道:“诸君且勿欢喜,周县令虽然败去,他禀告上司,必然再起大兵到来,那便何以拒敌?”李自成道:“一不做,二不休,横竖官兵不能容我,不如乘机起义,以图大事,有何不可?”李岩道:“无粮不聚兵,因为起义事大,粮少则于事无济。人多又需饷浩繁,从何筹策?”李自成道:“目下还可支持。倘起事之后,随时打算便是。”牛金星道:“此处难以栖身,须先逃别处为是。”李岩道:“究竟逃到哪处,却要预先打算。”牛金星道:“可告饥民,说我们被官兵逼变,共起大义,以除暴官。愿从者可即同来,不愿从者可各自散去,如有多人相从,即乘势攻城略地,便不患没粮草了。”李岩道:“器械又将如何?”李自成道:“若是器械,早已预备了。”便把前日私造军械之事细说一遍,李岩道:“小弟今日被你们牵上了,事已至此,亦无可如何,只从诸君之意便了。”李自成大喜。这时饥民正没处糊口,无不愿从,登时聚集了千来人。李自成即出私造的军械,分给各人,各人都很欢喜。李自成又与李岩商酌,便从陕西起程,直望山西而来。忽经过一座大山,牛金星道:“此山向有大伙强人,聚于其中。我不如先收了这一支人马,共同起义也好。”李自成深以为然。李岩道:“只怕他们素性残酷,不就范围,终难成事。”不料一声梆子响,早从树林里跑出几十个强徒来,大喝道:“你们聚集多人,往哪里去?”李自成道:“不要多说,我们人马众多,器械齐备,量你数十人不是我们敌手,快叫你的大王来。”这时各强人一头截住李自成那一支人马,一头已使人回山报告。不多时已见为首的一个人,面貌很凶,身材雄伟,手执长枪,骑马从山上下来。后面还有数十人跟着。李自成料知是山上的大王,即接着先说道:“来的可是山上大王么?我们被官逼变,又见世界扰乱,所以同谋起义,你们伏在山上,终没有个出头,不如一同起义。”那人听得,便滚鞍下马,答道:“我们在山,大秤分金,小秤分银,原是十分快活。但听你的说话,亦觉有理,且请到山上,暂行歇马,共行商酌。如你们说得有理,我便全众相从。”李自成大喜,先自下马,一齐上山。原来那为首的大王,不是别人,就是张献忠,绰号八大王,因他弟兄多人他排行第八,故得这个绰号。因前者与人

殴斗，误伤人命，就结党逃出外边，聚集三五百强人，占据这山，结营作寨，打家劫舍。只因当时四方扰乱，官府不去理他，他便一日强一日，手下又有几个悍勇的人，故四处望风生畏。那日与李自成等同到山上，大家分宾主而坐。李岩知他行劫多时，所积财帛必已不少，若得他相助，不患眼前没粮草，即先说道：“大王雄霸一方，各处无人敢敌，诚足自豪。但屈居于此，纵使日盛一日，终不过是一草寇。大丈夫当纵横天下，岂可自堕其志？方今国家多事，明统将终，正宜奋起，像你这般英雄，大则身居九五，为天下之君，小亦割据一方，为一国之主。千万勿失机会，愿你仔细一想！”张献忠听罢大喜道：“你的说话不错！”李自成即与张献忠手下，各人互通姓名。张献忠便令宰牛杀马，款待李自成等。一班人大吹大擂，在帐中筵宴，席间倡议，大家立誓，要同心协力，共图大事。各人都让李自成为首，张献忠自不得不从。

从此以后，李自成和张献忠等攻州夺县，声势十分浩大，官兵征剿，屡次不能得手。后来，李自成便称李闯王，打破北京。张献忠也夺了四川等处。直到吴三桂引清兵入关，他们才次第灭亡，而中国也被清人做了皇帝。

悦来店

清朝雍正初年，那正黄旗汉军，有个安学海，表字水心，人都称他为安二老爷。他天性端厚，学问超群，因此二十岁上就进学中举。怎奈他文齐福不齐，会试了几次，任凭是篇篇锦绣，字字珠玑，会不上一名进士。到了四十岁开外，还依然是个老孝廉。孺人佟氏，也是汉军世家的一位闺秀，性情贤惠，相貌端庄；针黹女工不用讲，就那操持家务，支应门庭，真算得起安老爷的一位贤内助。只是他家人丁不旺，安老爷夫妻二位，子息又迟，孺人以前生过几胎，都不曾存下，直到三十以后，才得了一位公子。这公子生得天庭饱满，地格方圆，伶俐聪明，粉妆玉琢，安老爷、佟孺人十分疼爱。因他生得白净，乳名儿就叫作玉格，单名一个“骥”字，表字千里，别号龙媒，也不过望他将来如“天马云龙，高飞远走”的意思。十三岁上就把四书五经念完，开笔作文章作诗，都粗粗地通顺。安老爷自是喜欢。

过了两年，正逢科考，

就给他送了名字，接着院考，竟中了个本旗批首。安老爷、安太太喜欢，自不必说。那时候公子的身量，也渐渐长成，出落得目秀眉清，温文儒雅；只因养活得尊贵，还是乳母丫鬟围随着服侍。慢说外头的戏馆饭庄、东西两庙，不肯教他混跑，就连自己的大门，也从不会无故地出去站站望望；偶然到亲戚一家儿走走，也是里头仆妇，外头家人们跟着。因此上把个小爷养活得十分拘束。听见人说句外话，他都不懂；再见人举动野蛮些，言谈粗鲁些，他便有气，说是下流没有出息；就连个外来的生眼些的妇女，也就会羞得小脸儿通红，竟比个女孩儿来得还尊重。

安老爷一家本来住在北京后门东不压桥，原是祖上蒙恩赏的赐第。后来因为安老爷好静，更兼人口不多，就搬到靠近西山的双凤村庄园里居住。

安老爷到了五十岁光景，却中了一名进士；恰巧这时黄河决口，因此就被派到南河河工上任用。安老爷只得带了佟孺人和仆从起身南下。一面却把安公子留在家中，并请了一位世弟兄在家，托他照料公子，温习学业，帮着支应外客。安老爷自从动身以后，晓行夜宿，到了南河河道总督驻扎的所在——淮安——见了河台，那河台便委安老爷为邳州管河州判。不上几月，又将安老爷调署了高堰外河通判。

原来安老爷只知道实心实力，替国家办事，不托人情，不善趋奉上司，又不会联络同僚。那河台又恰巧是个阴险

贪婪的人,因此十分不高兴,有意要摆布他。不料事正凑巧,安老爷到任之后,正是春尽夏初涨水的时候。那洪泽湖连日连夜涨水,高家堰口子又冲开百余丈,那水直奔了高家堰外河下游而来,不但两岸冲刷,连那民间的田园房屋都冲得东倒西歪,七零八落。那安插难民,自有一班儿地方官料理。这段大工正是安老爷的责成,一面集夫购料,一面通禀,动帑兴修。那院上批将下来,批得是:

高堰下游工段,经前任河员修理完固,历经桃汛无虞。该署员到任,正应先事预防,设法保护。乃偶遇水势稍涨,即至漫决冲刷,实属办理不善,着先行摘去顶戴,限一月修复,无得草率偷减,大干未便。

安老爷接着看了,便笑了一笑,向佟孺人说道:“这是外官必有之事。况这穷通荣辱的关头,我还看得清楚,你也不必介意,倒是这国帑民命是要紧的。”说着,传出话去,即日上工。就驻在工上,会同营员,督率那些吏役、兵丁、工夫,认真地修作起来。大家见老爷事事与人同甘共苦,众情踊跃,也仗着夫齐料足,果然在一月限内,便修筑得完工。当下通报上去,禀请派员查收。

你道巧是不巧,正应了俗语说的:“屋漏更遭连夜雨,船行又遇打头风。”偏偏从工完这一日下雨起,一连倾盆价地下了半个月的大雨。又加着四川、湖北一带江水暴涨,那水势建瓴而下,沿河陡涨七八九尺、丈余水势不等。那查收的委员又是和安老爷不大联络的,约估着那查费也未必出手,便不肯刻日到工查收。这个当儿越耗,雨越不住,水越加涨,又从别人的上段工上,开了个小口子,那水直串到本工

的土泊岸里，刷成了浪窝子，把个不曾奉宪查收的新工，排山也似价坍了下来。安老爷急得目瞪口呆，只得连夜禀报。那河台一见大怒，便立刻把他参了一本，革职拿问，下在淮安山阳县监，追缴河工赔款。这一来，安老爷只得差了家人回京，命将房地田园变卖，携银缴赔。

淮安的家人去后，还没到京，安公子在京中，却早得了消息，知道要有五千余金，才可完事，遂急得像热锅上蚂蚁一般，日夜忧泣，一定要亲自南下救父。但是五千金的数目并不算小，到处张罗，无从到手。家人们也知道这事关系非细，只得和安公子定了个办法，将田产押借二千银子；连诸亲友帮的盘缠在内，共凑了二千四五百金。那安公子也不及各处辞行，忙忙地把行李弄妥，带了家人华忠和粗使小子名叫刘住儿的同行。雇了四头长行骡子，他主仆三个人，骑了三头，一头驮载行李银两，便从庄园动身。两个骡夫跟着，顺着西南大路，奔长新店而来。

到了长新店，那天已是日落时分，华忠、刘住儿服侍安公子吃了饭，收拾已毕，大家睡下，一宿晚景不提。次日起来，正待起身，只见家里的更夫叫鲍老的，闯了进来，说刘住儿的妈死了。安公子无奈，只得吩咐刘住儿回去，自己和华忠同两个骡夫一同上路。

一日，正走到在平的上站，这日站道本大，公子也着实乏了，打开铺盖要早些睡。不料华忠害了一场大病，当夜急

急医治，到了次日，华忠只是动弹不得，连脸上也不成人样了。店主人道："不过二十天，恐不能起床。"那安公子一心想赶到淮安，见华忠这个样儿，只是呜咽涕泣，徒唤奈何。华忠道："我的好大爷，你且莫伤心！我如今有个主意，这里过了在平，从大路上岔道往南二十里外，有个地方叫作二十八棵红柳树，那里我有一个妹夫。这人姓褚，人称他是褚一官，他是一个保镖的。他在那邓家庄地方跟着师父住。如今我求他去，大爷你就照我这话，并现在的缘故，结结实实地替我写一封信，就说我求他一直把你送到淮安，老爷自然不亏负他的。你把这信写好了带上，等我托店家找一个妥当人，明日就同你起身，只走半站到在平那座悦来老店住下；再给骡夫几百钱，叫他把这信送到二十八棵红柳树，叫褚老一到你悦来店来。他长的是个大身量，黄净子脸儿，两撇小胡子儿，左手是个六枝指；倘然他不在家，你这信里写上，就叫我妹妹到店里来，该当叫什么人送了你去，这点事他也分拨得开。我这妹子右耳朵眼儿豁了一个，大爷你可千千万万，见了这二个人的面，再商量走路。不然，就在那店里耽搁一半天，倒使得。要紧！要紧！我只要支持得住了，随后就赶了来。”说着，也就呜呜咽咽地哭起来。

公子擦着眼泪，低头想了一想说：“何必如此，就从这里打发人去约他来，再见见你不更妥当吗？”华忠道：“我也想到这里了，一则隔着一百多地，骡夫未必肯去；二则如果褚老一不在家，我那妹子，也不肯跑到这样远来；三则一去一来，又得耽误工夫，你明日起身，又可多走半站。我的爷，你依我这话，是万无一失的。”公子虽是不愿意，无如自己要见父母的心急，除了这样，也实无别法。就照着华忠的话，一边想着，替他给那褚一官写了一封信。写完，又念给他听，这才封好，面上写了褚宅家信，又写上“内信送至二十八棵红柳树邓九太爷宝庄，问交舍亲褚一官查收”。写明年月，用了图书，收好。华忠便将店主人请来，和他说找人送公子到在平的话。那店主人说：“巧了。才来了一起子从张家口贩皮货往南京去的客人，明日也打这路走。那都是有本钱的，同他们走，也不用再找人。”华忠说：“你只是给我们找个人好,为的是把这位送到了,我好得个回信儿。”店主人说:“有了,有了!那不值什么!回来给他几个酒钱就完了。”公子见华忠一一布置停当,他才略放下一分心,便拿了五十两一封银子出来,给华忠盘费养病。华忠道:“用不了这些,我留二十两就够使的了。还有一句话嘱咐,你这项银子原是为着老爷的大事,路上就有护送你的人,可也得加倍小心。这一路是贼盗出没的地方,下了店不妨,那是店家的干系,走着须要小心!大道正路不妨,十里一墩,五里一堡,还有往来的行人。背道须要小心!白日里不妨,就是有歹人,他也没有白昼下手的,黑夜须要小心就便下了店,你切记不可胡行乱走。这银子不可露出来,等闲的人也不必喊他进屋门,为的是有一等人,往往扮作讨吃的花子、串店的妓女,乔装打扮地来给强盗作眼线、看道儿,不可不防。‘一言抄百语’,你逢人只说三分话,未可全抛一片心,切记!切记!”公子听了,一一谨记在心。

一宿无话,到了五更,华忠便叫了送公子去的店伙来,又张罗公子洗脸吃些东西,又嘱咐了两个骡夫一番,便催着公子,会着那一起客人同走。

这时正是将近仲秋天气,金风飒飒,玉露泠泠,一天晓月残星,满耳穷声雁阵,公子只随了一个店伙、两个骡夫和那些客人一路同行,好不凄惨!他也无心看那沿途的景致。走了一程,那天约莫有巳牌时分,就到了在平。一直走到在平镇的中间，路北便是那座悦来店。到了邻近，那骡夫便问道：“少爷，咱们就在这里歇了？”公子点了点头，骡夫把骡子带了一把。

街心里早有那招呼买卖的店家，迎头用手一拦。那长行骡子是走惯了的，便一抹头，一个跟一个地走进店来。进了店，公子一看，只见店门以内左右两边都是马棚、更房，正北一带腰厅中间也是一个穿堂大门，门里一座照壁，对着照壁正中，一带正房，东西两路配房。看了看，只有尽南头东西对面的两间是个单间，他便在东边这间歇下。那跟的店伙问说：“行李卸不卸下？”公子说：“你先给我卸下来罢。”那店伙忙着松绳解扣，就要扛那被套。骡夫说：“一个人儿不行，你瞧不得那件头小，分量够一百多斤呢！”说着，两个骡夫帮着抬进房来，放在坑上；回手又把衣裳包袱、装钱的鞘马子、吃食篓子、碗包等件拿进来。两个骡夫便拉了骡子出去，那跟来的店伙送下公子，忙忙地在店门口要了两张饼，吃了就要回去。公子给了他一串钱，又写了一个字条儿给华忠，说已经到了在平的话。打发店伙去后，早有跑堂儿的拿了一个洗脸的木盆装着热水，又是一大碗凉水、一壶茶、一根香火进来，随着就问了一声：“客人吃饭哪，还等人啊？”公子说：“不等人，就吃罢。”

却说那公子虽然走了几程路，一路的梳洗吃喝拉撒睡都是华忠用心服侍，不是煮块火腿，便是炒些果子酱带着。

一到店必是另外煮些饭，熬些粥，以至起早睡晚，无不调停得周到。所以公子除一般地受些风霜之外，从不曾理会途中的渴饮饥餐那些苦楚。便是店里的洗脸木盆，也从不曾到过跟前。如今看了看那木盆实在腌臜，自己又不耐烦再去拿那脸盆和饭碗这些东西，怔着瞅了半天，直等把那盆水晾得凉了，也不曾洗。接着饭来了，就用那店里的碗筷子，将饭胡乱吃了半碗，就搁下了。

一时间，那两个骡夫也吃完了饭，走了进来。原来那两个骡夫一个姓苟，生得傻头傻脑，只要给他几个钱，不论什么事，他都肯去做，因此人都叫他作"傻狗"；一个姓郎，是个狡猾贼，生了一脸的白癜风，因此人都叫他"白脸儿狼"。当下他两个进来，便问公子说："少爷，昨日不说有封信要送吗？送到哪里呀？"公子说："你们两个谁去？"傻狗说："我去。"公子便取出那封信来，又拿了一吊钱，向他说："你去很好。这东南大道岔下去有条小道儿，顺着道路走，二十里外有个地方叫二十八棵红柳树，你知道不知道？"傻狗说："知道啊，我到那邓家庄儿上赶过买卖。"公子说："那更好了。那个邓家……"说着，又把那褚一官夫妇的面相儿告诉了他一遍，又说："你把这信当面交给那姓褚的，请他务必快来。如果他不在家，你见见他的娘子，只说他们亲戚姓华的说的，请他的娘子来。"傻狗说："叫他娘子到这店里来，人家是个娘儿们，那不行罢！"公子说："你只告诉了她，她就来了。

这是一封信、一吊钱,是给你的。都收清了,就快去罢。”那白脸儿狼看见,说:“我和他一块儿去,少爷你老也支给我两吊,我买双鞋。瞧这鞋不跟脚了。”公子说:“你们两个都走了,我怎么着?”白脸儿狼说:“你老可要我做什么呀?有跑堂儿的呢,店里还怕没人使吗?”公子扭他不过,只得拿了两吊钱给他,又嘱咐了一番说:“你们要不认得,宁可再到店里柜上问问,千万不要误事!”白脸儿狼说:“你老万安!这点事儿办得了,不用说了。”说着,两人一同出了店门,顺着大路就奔了那岔道的小路而来。

正走之间,见路旁一座大土山子,约有二十来丈高,上面是土石相搀的,长着些高高矮矮的丛杂树木,却倒是极宽

展的一个大山坳儿。原来这个地方叫作岔道口,有两条道:从山前小道儿穿出去,奔二十八棵红柳树,还归山东的大道;从山后小道儿穿过去,也绕得到河南。他两个走到那里,那白脸儿狼便对傻狗说道:“好个凉快地方儿!咱们歇息儿再走。”傻狗说:“才走了几步儿,你就乏了。这还有二十多里呢,走罢。”白脸儿狼道:“坐下,听我告诉你个巧的儿。”傻狗只得站住,二人就摘下草帽子来,垫着打地摊儿。白脸儿狼道:“傻狗!你真个给他把这封信送去吗?”傻狗说:“好话呢!接了人家三两吊钱,给人搁下了家信吗?”白脸儿狼说:“这两三吊钱,你就打了饱嗝儿了,你瞧咱们有本事,硬把他被套里的那二三千银子搬运过来,还不领他的情呢。……”

正说到这句话,只见一个人骑着一头黑驴儿,正从路南一步步慢慢地走了过去。白脸儿狼一眼看见,便低声向傻狗说:“嘍!你瞧,好一个小黑驴儿,墨锭儿似的东西。可是个白耳掖儿、白眼圈儿、白胸脯儿、白肚囊儿、白尾巴稍儿。你瞧外带着还是四个银蹄儿,脑袋上还有个玉顶儿,长了个全,可怪不怪?这东西要搁在市上,碰见爱主儿,二百吊钱管保买不下来。”傻狗道:“你管人家呢,你爱呀,还算得你的吗?”说着只见驴上那人把扯手往怀里一带,就转过山坡儿过山后去了不提。

那傻狗接着问白脸儿狼:“你才说告诉我个什么巧的

儿?”白脸儿狼说:“这话可是‘法不传六耳’。也不是我坏良心来兜揽你,因为咱们俩是一条线儿拴俩蚂蚱——飞不了我,迸不了你的。讲到咱们这行啊,全仗长支短欠,摸点儿赚点儿,才剩得下钱呢。到了这次买卖,算你我倒了运了。那雇骡子的本主儿,倒不怎么样。你瞧跟他的那个姓华的老头子,真正的讨人嫌,什么事儿他全通精儿,想沾他一点便宜也不行。如今他是病在店里了,这时候又要到二十八棵红柳树,找什么褚一官。你算他的朋友大概也不是什么好惹的了,若然这么是一道儿到了淮安,不用说,骡子也干了,咱们俩也赔了。”傻狗说:“依你这话,怎么样呢?”白脸儿狼说:“依我！这不是那个老头子不在跟前吗？可就是你我的时运来了,咱们这时候拿上这三吊钱,先找个地方儿,消遣上半天儿,回来到店里,就说见着姓褚的了,他没空儿来,在家里等咱们。把那个文绉绉的雏儿诳上了道儿,咱们可不往南奔二十八棵红柳树,往北奔黑风岗。那黑风岗是条背道,赶到那里,大约天也晚了,等走到岗上头,把那小幺儿诳下牲口来,往那没底儿的山涧里一推,这银子行李可就属了你我哩。你说这个主意高不高?”傻狗说:“好可是好,就是咱们驮着往回里这一走,碰见个不对眼的瞧出来呢,那不是活饥荒吗?”白脸儿狼说:“说你是傻狗,你真是个‘傻狗’！咱们有了这注银子,还往回里走吗？顺着这条道儿,到哪里快活不了这下半辈子呀!”那傻狗本是个见钱如命的糊涂东西，听了这话，便说："有了，咱就是这么办咧。"当下两人商定，便站起身来，摇头晃脑地走了。

他两个自己觉着这事商量了一个停妥严密，再不想人间私语，天闻若雷。又道是："大路上说话，草丛里藏人。"这话暂且不表。

且说那安公子打发两个骡夫去后，正是店里早饭才摆上热闹儿的时候，只听得这房里浅斟低唱，那屋里呼幺喝六，满院子卖零星吃食的、卖杂货的、卖山东料的山东布的，各店房出来进去地乱窜。公子看了说道："我不懂这些人，走这样的长道儿，乏也乏不过来，怎么会有这等的高兴？"说着，一时间闷上心来，又念着华忠此时不知死活，两个骡夫去了半天，也不知究竟找得着找不着那褚一官，那褚一官也不知究竟能来不能来，自己又不能离开这屋子，只急得他转磨儿的一般，在屋里乱转。转了一会，想了想这等不是道理，等我静一静儿罢。随把个马褥子铺在炕沿上，盘腿坐好，闭上眼睛，把自家平日念过的文章，一篇篇地背诵起来。正闭着眼睛，只觉得一个冰凉挺硬的东西，在嘴唇上哧溜了一下子。吓了一跳，连忙睁眼一看，只见一个人站在当前，太阳穴贴着两块青缎子膏药，打着一条大松的辫子，身上穿着件月白绵绸小夹袄儿，上头罩着件蓝布琵琶襟的单紧身儿，紧身儿外面系着条河南褡包，下边穿着条香色洋布夹裤，套着双青缎子套裤，脚下包脚面的鱼白色袜子，一双伞鞋,可是靸拉着。左手拿着擦得镜亮二尺多长的一根水烟袋,右手拿着一个火纸捻儿。只见他噗的一声,吹着了火纸,就把那烟袋往安公子嘴里送来。公子说:“我不吃水烟。”那小子说:“你老,吃潮烟哪?”说着,就伸手在套裤里掏出一根紫竹潮烟袋来。公子一看,原来是把那竹根子上钻了一个窟窿,就算了烟袋锅儿。公子连忙说:“我不吃潮烟,我就不会吃烟,我也没叫你装烟。想是你听错了。”那卖水烟的一听这话,就知道这位爷是个怯公子哥儿,便低了头出去了。

这公子看他才出去,就有人叫住,在房檐底下站着,嗯噜嗯噜地吸了好几袋,把那烟从嘴里吸进去,却从鼻子里喷出来。那人一时吃完,也不知腰里掏了几个钱给他。这公子才知道,这原来也是个生财大道,暗暗地称奇。不多一会,只听得外面嚷将起来,他嚷的是:“听书罢?听段儿罢?《罗成卖绒线儿》《大破寿州城》《宁武关》《胡迪骂阎王》《婆子骂鸡》。”公子说道:“怎么个讲法?”跟着便听得弦子声儿,噔楞噔楞地弹着,走进院子来。看了看原来是一溜串儿瞎子,前面一个拿着一担柴木弦子,中间那个拿着个破八角鼓儿,后头的那个身上背着一个洋琴,手里打着一副扎板儿,噔咚扎咶地就奔了东配房一带来。公子也不理他,由他在窗根儿底下闹去,好容易听他往北弹了,早有人在那里接着叫住。

这个当儿恰好那跑堂儿的提了开水壶来泡茶，公子便自己起来倒了一碗，放在桌子上晾着。只倒茶的这么一个工夫儿，又进来了两个人。公子回头一看，竟认不透是两个什么人，看去一个有二十来岁，一个有十来岁。前头那一个打着个大松的辫子，穿着件旧青绉绸宽袖子夹袄，可是桃红袖子。那一个梳着一个大歪抓髻，穿着件半截子的月白洋布衫儿，还套着件油脂模糊破破烂烂的天青缎子绣三蓝花儿的紧身儿。底下都是四寸多长的一对小脚。原来是两个大丫头！公子一见，连忙说："你们快出去。"那两个人也不答言，不容分说地就坐下弹唱起来。公子一躲躲在墙角落里，只听她唱的是什么"青柳儿青，清晨早起丢了一枚针"。公子发急道："我不听这个。"那穿青的道："你不听这个，咱唱个好的。"公子说："我都不听。"只见她握着琵琶直着脖子问道："一个曲儿你听了大半咧，你不听？"公子说："不听了。"那丫头说："不听！不听给钱哪？"公子此时只望她快些出去，连忙拿出一吊钱，掳了几十给她。她便嬉皮笑脸地把那一半也抢了去，那两个把钱数了一数，分作两份儿，掖在裤腰里。那个大些的走到桌子跟前，就把方才凉的那碗凉茶端起来，咕嘟咕嘟地喝了。那小的也抱起茶壶来，嘴对嘴儿地灌了一肚子，才扭搭扭搭地走了。

安公子经了这番的吵扰，又是着急，又是生气，又是害臊，又是伤心，只有盼望两个骡夫早些找了褚一官来，自己好有个倚靠，有个商量。正在盼望，只听得外面踏踏踏踏的一阵牲口蹄子响，心里说：“好了！是骡夫回来了。”忙忙地出了房门在台阶儿底下等着，只听得那牲口蹄儿的声儿越走越近，一直地骑进穿堂门来看了看，才知不是骡夫，只见一个人骑着匹乌云盖雪的小黑驴儿，走到当院里把扯手一拢，那牲口站住，她就弃镫离鞍下来。这一下牲口，正是正西面东，恰恰和安公子打了一个照面。公子重新留神一看，原来是一个绝色的年轻女子。只见她生的两条春山含翠的柳叶眉，一双秋水无尘的杏子眼，鼻如悬胆，唇似丹朱，耳边旁带着两个硬红坠子，越显得红白分明。只是她那艳如桃李之中，却又凛如霜雪，对了光儿，好一似照着了秦宫宝镜一般，晃得人胆气生寒，眼光不定。公子连忙退了两步，扭转身来，要进房去，不觉得又回头一看，见她头上罩着一幅玄青绉纱包头，两个角儿搭在耳边，两个角儿一直地盖在脑后燕尾儿上。身穿一件搭脚面长的佛青粗布衫儿，一封书儿的袖子不卷，盖着两只手；脚下穿一双二蓝尖头绣碎花的弓鞋。公子心里想道：“我从来怕见生眼的妇女，一见就不觉得脸红，但是亲友本家家里，我也见过许多的少年闺秀，从不曾见这等一个天人相貌。作怪的是她怎么这样一副姿容，弄成恁般一个打扮，不尴不尬，是个什么缘故呢？”一面想着，就转身上了台阶儿，进了屋子，放下那半截蓝布帘儿来，巴着帘缝儿望外又看。只见那女子下了驴儿，把扯手搭在鞍子的判官头儿上,把手里的鞭子望鞍韂洞落儿里一插。

这个当儿,那跑堂儿的从外头跑进来,就往西配房尽南头,正对着自己这面一间店房里让。又听跑堂儿的接了牲口,随即问了一声说:“这牲口拉到槽上喂上罢?”那女子说:“不用,你就给我拴在这窗根儿底下。”那跑堂的拴好了牲口,回身也一般地拿了脸水、茶壶、香火来,放在桌儿上。那女子说:“把茶留下,别的一概不用,要饭要水,听我的信。我还等一个人,我不叫你,你不必来。”那跑堂儿的听一句应一句地回身向外去了。跑堂儿的走后,那女子进房去,先将门上的布帘儿高高地吊起来,然后把那张柳木圈椅挪到当门,就在椅儿上坐定。她也不茶不烟,一言不发,呆呆地只向对面安公子这间客房瞅着。安公子在帘缝儿里边被她看不过,自己倒躲开,在那巴掌大的地上来回地走。走了一回,又到帘儿边望望,见那女子还在那里,目不转睛地向这边瞧望。一连偷瞧了几次,都是如此。安公子当下便有些狐疑起来,心里思量道:“这女子好生作怪!独自一人,没个男伴,没些行李,进了店又不是打尖,又不是投宿,呆呆地单向了我这间屋子望着,是何缘故?”想了半日,忽然想起说:“是了,这一定就是华忠说的,那个给强盗做眼线、看道路的人罢。他倘然要到我这屋里看起道儿来,那可怎么好呢?”想到这里,心里就像小鹿儿一般,突突地乱跳。又想了想说:“等我把门关上,难道她还叫开门进来不成?”说着,跄踉一声，把那扇单扇门关上。谁知那门的推关儿掉了，门又走扇，才关好了，吱喽喽又开了。再去关时，从帘缝儿里见那女子，对着这边不住地冷笑。公子说："不好，她准是笑我呢，不要理她。只是这门关不住，如何是好？"左思右想，一眼看见那穿堂门的里边东首，靠南墙下放着碾粮食一个大石头碌碡，心里说："把这东西弄进来，顶住这门就牢靠了。万一褚一官今日不来，连夜间都可以放心。"一面想，一面要叫那跑堂儿的。无奈自己说话，向来是低声静气、慢条斯理惯了，从不曾直着脖子喊人。这里叫他，外边断听不见，为了半晌难，仗着胆子低了头，掀开帘子，走到院子当中，对着穿堂门，往外找那跑堂儿的。可巧见他吊着一根小烟袋儿，交叉着手，靠着窗台儿，在那里歇腿儿。公子见了，朝他招了一招手儿。

那跑堂儿的瞧见，连忙地把烟袋杆望着掌上一拍，磕去烟灰，把烟袋掖在油裙里走来，问公子道："要茶壶啊，你老？"公子说："不是，我要另烦你一件事！"跑堂儿的赔笑说道："你老吩咐吧！"公子才要开口，未曾说话，脸又红了。跑堂儿的见这么样子说："你老说吧。"公子这才斯斯文文地指着墙根底下那个石头碌碡说道："我烦你把这件东西给我拿到屋里去。"那跑堂儿听了一怔，把脑袋一歪，说道："我的大爷，你老这可是搅我咧！那东西少也有三百来斤，地下还埋着半截子。我要拿得动那个，我考武举去了，我还在这儿跑堂儿吗?”

正说话间,只见那女子叫了声:“店里的拿开水来。”那跑堂儿的答应了一声,趄身就往外取壶去了,把个公子就同泥塑一般塑在那里。直等他从屋里兑了开水出来,公子又叫他说:“你别走,我问你商量。”那跑堂儿的说:“又是什么?”公子道:“你们店里,不是都有打更的更夫么?烦你叫他们给我拿进来,我给他几个酒钱。”那跑堂儿的听见钱了,提着壶站住,说道:“倒不在钱不钱的。你老瞧那家伙,直有三百斤开外,怕未必弄得行啊。这么着吧,你老破多少钱?”公子说:“要几百就给他几百。”跑堂儿的摇头说:“几百不行。”当下伸两个指头,说要两吊钱。公子说:“就是两吊,你叫他们快给我拿进来罢。”跑堂儿的搁下壶,叫了两个更夫来。那两个更夫,一个生得顶高细长,叫作杉槁尖子张三;一个生得壮大黑粗,叫作压油墩子李四。跑堂儿的告诉他二人说:“来把这家伙给这位客人挪进屋里去。”又悄说道:“喂!有四百钱的酒钱呢。”这李四本是个浑虫,听了这话,先走到石头边说:“这得先问它一问。”上去向那石头楞子上,当地就是一脚,那石头纹丝儿也没动;李四哎哟了一声,先把腿蹲了。张三说:“你搁着吧!那非用了镢头,把根子搜出来行得吗?”说着,便去取镢头。李四说:“你把咱们的绳杠也带来,这得两人抬呀。”不多时,绳杠、镢头来了,这一阵嚷,院子里住店的串店的已经围了一圈子人了。

安公子在一旁看着，那两个更夫脱衣裳，绾辫子，摩拳擦掌地才要下镢头。只见对门的那个女子抬身迈步款款地走到跟前，问着两个更夫说："你们这是做什么呀？"跑堂儿的接口说道："这位客人要使唤这块石头，给他弄进去。你老躲远着瞧，小心碰着！"那女子又说道："弄这块石头，何至于闹得这等人仰马翻呀！"张三手里拿着镢头看了一眼，接口说："怎么人仰马翻呢，瞧这家伙，不这么弄，弄得动它吗？"那女子走到跟前，把那块石头端相了端相，见有二尺多高，径圆也不过一尺来往，约莫也有二百四五十斤重。原来一个碾粮食的碌碡，上面靠边却有个凿通着的关眼儿，想是为拴拴牲口，或是插根杆儿，晾晾衣裳用的。她端相了一番，便向两个更夫说道："你们两个闪开。"李四说："闪开怎么着？让你老先坐下歇息儿。"那女子更不答言，她先挽了挽袖子，把那佛青粗布衫子的衿子往一旁敛起，两只小脚儿往两下里一分，拿着桩儿，挺着腰板儿，身北面南，用两只手靠定了那石头，只一撼，又往前推了一推，往后拢了一拢，只见那石头脚跟上周围的土儿就拱起来了；重新转过身子去，身西面东又一撼，就势儿用右手轻轻地一搿，把那块石头就搿倒了。看得众人齐打夯儿喝彩。

当下把个张三李四吓得目瞪口呆，不由地叫了一声："我的佛爷老子！"他才觉得他方才那阵讨人嫌闹得不够味儿。那跑堂儿的在旁看了，也吓得舌头伸了出来，半日收不

回去。独有安公子看得心里倒反加上一层为难了。什么缘故呢?他心里的意思,本是怕那女子进这屋里来,才要关门;怕关门不牢,才要用石头顶;及至搬这块石头,倒把她招了来了。这个当儿,要说我不用这块石头了,断无此理;若说不用你给我搬,大约更不会行。况且这般一块大石头,两个笨汉尚且弄它不转,她轻轻松松地就把它拨弄撂起来,这个人的本领也就可想而知。这不是我自己引水入墙、开门揖盗么?只急得他悔焰中烧,说不出口,在满院子里旋转。

且说那女子把那石头撂倒在平地上,用右手推着一转,找着那个关眼儿,伸进两个指头去勾住了,往上只一提,就把那二百多斤的石头碌碡单只手儿提了起来,向着张三李四说道:“你们两个也别闲着,把这石头上的土给我拂落净了。”两个人屁滚尿流,答应了一声,连忙用手拂落了一阵说："得了。"那女子才回过头来满面含春地向安公子道："尊客，这石头放在哪里？"那安公子羞得面红过耳，眼观鼻，鼻观心地答应了一声说："有劳！就放在屋里罢。"

那女子听了，便一手提了石头，款动一双小脚儿，上了台阶儿。那只手撩起了布帘，跨进门去，轻轻地把那块石头放在屋里南墙根儿底下，回转头来，气不喘，面不红，心不跳。众人伸头探脑地向屋里看了，无不诧异。所有看热闹的这些人，三三两两你一言、我一语地都在那里猜疑讲究。

却说安公子见那女子进了屋子，便走向前去，把那门上的布帘儿挂起，自己倒闪在一旁，想着好让她出来。谁想那女子放下石头，把手上身上的土拍了拍，抖了抖，一回身就在靠桌儿的那张椅子上坐下了。安公子一见，心里说道："可怎么好？怕她进来，她进来了；盼她出来，她索性坐下了。"心里正在为难，只听得那女子反客为主，让着说道："尊客，请屋里坐。"这公子欲待不进去，行李、银子都在屋里，实在不放心；欲待进去，和她说些什么，又怎生地打发她出去。俄延了半晌，忽然灵机一动心中悟将过来："这是我粗心大意，我若不进去，她怎得出来？我如今进去，只要如此如此，这般这般，她难道还有什么不走的道理不成？"

想定主意，便走进屋子里忍着羞，向那女子恭恭敬敬地作了一个揖，算是道个致谢。那女子也深深地还了个万福。二人见礼已毕，安公子便向那鞘马子里拿出两吊钱来，放在那女子跟前,却又说不出个所以然来。那女子忙问说:“这是什么意思?”公子说:“我方才有言在先,拿进这块石头来,有两吊谢仪。”那女子笑了一笑说:“岂有此理! 笑话儿了!”因把那跑堂儿的叫来说:“这是这位客人赏你们的,三个人拿去分了罢。”

公子见那女子这光景,自己也知道这两吊钱又弄误会了,才待讪讪儿地躲开,那女子让道:“尊客请坐,我有话请教。请问尊客上姓,仙乡哪里? 你此来,自然是从上路来到下路去,是往哪方去? 从何处来? 看你既不是官员赴任,又不是买卖经商,更不是觅衣求食,究竟有什么要紧的勾当? 怎么伙伴也不带一个出来,就这等孤身上路呢? 请教!”公子听了头一句,就想起华忠嘱咐的“逢人只说三分话,未可全抛一片心”的话来了,想了想:“算这‘安’字说三分,可怎么样的分法呢? 难道我说我姓‘宝头儿’,还是说我姓‘女’不成? 况且祖宗传流的姓,如何假得?”便直截了当地说:“我姓安。”说了这句,自己可不曾问人家的姓,紧接着就说:“我是保定府人,我从家乡来到河南去,打算谋个馆地做幕。我本有个伙伴在后面走着,大约早晚也就到。”那女子笑了笑说:“原来如此! 只是我还要请教这块石头,又要它何用?”公子听了这句,口中不言,心里暗想道:“这时没的说了,怎么好说我怕你是个给强盗看道儿的,要顶上这门,不准你进来呢?”只得说是:“我见这店里串店儿闲杂人过多,不耐这烦扰，要把这门顶上，便是夜里也谨严些。”自己说完了，觉着这话说了个周全，遮了个严密；这大概算得“逢人只说三分话，未可全抛一片心”了。

只见那女子未曾说话，先冷笑了一声，说：“你这人怎生得这等枉读诗书，不明世事？你我萍水相逢，况且男女有别，你与我无干，我管你不着。如今我无端地多这番闲事，问这些闲话，自然有个缘故。我既这等苦苦相问，你自然就该侃侃而谈。怎么问了半日，你一味吞吞吐吐，支支吾吾，你把我作何等人看待？”安公子自己胆怯心虚，只得赔着笑脸儿说：“说哪里话？我安某从不会说谎，更不敢轻慢人，这个还请原谅。”那女子道：“这轻慢不轻慢，倒也不在我心上，我是天生这等一个多事的人。我不愿做的，你哀求会子也是枉然；我一定要做的，你轻慢些儿也不要紧。这且休提。你若说你不是谎话，等我一桩桩地点破给你听：你道你是保定府人；听你说话，分明是北京口气，而且满面的诗礼家风、一身的簪缨势派，怎说倒是保定府人？你道你是往河南去，如果往河南去，从上路就该岔道，如今走的正是山东大路奔江南江北的一条路程。若说你往淮安一带还说得去，怎的说到是往河南去？你又道你是到河南做幕，你自己自然觉得你斯文一派，像个幕宾的样子，只是你不会自己想想，世间可有个行囊里装着两三千银子去找馆地当师爷的么？”公子听到这里，已经打了个寒噤，坐立不安。那女子又复一笑,说:“只你所说的‘还有个伙伴在后边’,这句话倒是句实话,只是可惜你那个老伙伴的病又未必得早晚就好,来得恁快。你想,难道你这些话都是肺腑里掏出来的真话不成?”一席话把个安公子吓得闭口无言,暗想道:“怎么我的行藏她知道得这等详细,据这样看起来,这人好生作怪。不知是给什么强盗做眼线的,莫不竟是个大盗,从京里就跟了下来?果然如此,不但华忠在跟前不中用,就褚一官来也未必中用,这便如何是好呢?”

不言公子自己肚里猜度,又听那女子说:“再讲到你这块石头的情节,不但可笑可怜,尤其令人可恼。你道是为怕店里闲杂人搅扰,你今日既下了这座店,占了这间房,这块地方今日就是你的产业了。这些串店的固是讨厌,从来说‘无君子不养小人’,这等人喜欢的时节,付之行云流水也使得;烦恼的时节,狗一般地可以吆喝出去,你要这块石头何用?再要讲到夜间谨严门户,不怕你腰缠万贯,落了店自是店家的干系,用不着客人自己费心。况且在大路上大店里,大约也没有这样的笨贼,来做这等的笨事。纵说有铜墙铁壁,挡的是不来之贼;如果来了,岂是这块小小的石头挡得住的?如今现身说法,就拿我讲,两个指头就轻轻儿地给你提进来了,我白日既提得了来,夜间又有什么提不开去的,你又要这块石头何用?你分明是误认了我的来意,妄动了一个疑团,不知把我认作一个何等人!故此我才略略地使些神通,做个榜样,先打破你这疑团,再说我的来意。怎么益发地左遮右掩、瞻前顾后起来?尊客,你不但负了我的一片热肠,只怕你还要前程自误!”

读者,大凡一个人无论他怎样的理直气壮,足智多谋,只怕道着心病。如今安公子正在个疑鬼疑神的时候,遇见了这等一个神出鬼没的角色,一番话说得言言逆耳,字字诛心,叫那安公子怎样地开口?只急得他满头是汗,万虑如麻,紫涨了面皮,倒抽口凉气,哇的一声哭了。那女子见了,不觉呵呵大笑起来,说:“这更奇了!钟不打不响,话不说不明,有话到底说呀!怎么哭起来了呢?再说你也是个高大的汉子咧,并不是小;就是小,有眼泪也不该向我们女孩儿前流的!”这句话一愧,这位小爷索性呜呜咽咽地痛哭起来。

那女子道:“既这样,让你哭哭,完了我到底要问,你到底得说。”公子一想:“我原为保护这几两银子,怕误了老人家的大事,所以才苦苦地防范支吾。如今她把我的行藏,说得来如亲见的一般,就连这银子的数目她都晓得,我还瞒些什么来?况且看她这本领心胸,漫说取我这几两银子,就要我的性命,大约也不费什么事。或者她问我,果真有个道理,也未可知。”左思右想,事到其间,也不得不说了。他便把他父亲怎的半生攻苦,才得了个通判;怎的被那上司因不托人情,忌才贪贿,便寻了个错缝子参了,革职拿问,下在监里,戴罪赔款,需要五千余金才可完事;自己怎的丢下功名,变了田产，去救父亲这场大难；怎的上了路，几个家人回去的回去，卧病的卧病，只剩了自己一人，那华忠此时怎的不知生死；打发骡夫去找褚一官夫妇，怎的又不知来也不来，一五一十、从头至尾、本本源源、滔滔滚滚地对那女子哭诉了一遍。

那女子不听犹可，听了这话，只见她柳眉倒竖，杏眼圆睁，腮边烘起两朵红云，头上现一团杀气，口角儿一动，鼻翅儿一扇；那副热泪就在眼眶儿里滴溜溜地乱转，只是不好意思哭出来。她便搭讪着理了理两鬓，用袖子把眼泪揩干，向安公子道："你原来是位公子！公子，你这些话，我却知道了，也都明白了。你如今是穷途末路，举目无依，便是你请的那褚家夫妇，我也晓得些消息，大约他绝不得来，你不必妄等。我既出来多了这件事，便在我身上，还你个人财无恙，父子团圆。我眼前还有些未了的小事，须得亲自走去一做，回来你我短话长说着。此时才不过午初时分，我早则三更，迟则五更必到，倘然不到，便等到明日也不为迟。你须要步步留神：第一拿定主意，你那两个骡夫回来，无论他说褚家怎样的回话，你总等见了我的面，再讲动身。要紧！要紧！"说着，叫了店家拉过那驴儿骑上，说了声："公子保重，请了！"一阵电卷星飞，霎时不见人影。半日，公子还站在那里呆望，怅怅如有所失。

却说那女子搬那石头的时节，众人便都有些诧异。及至和公子攀谈了这些话，窗外便有许多人走来走去地窃听。一时传到铺主人耳中，那店主人本是个老经纪，他见那女子行迹有些古怪，公子又年轻不知世务，生恐弄出些甚事来店中受累，便走到公子房中要问个端的。

那公子正想着方才那女子的话，在那里纳闷，见店主人走进来，只得让坐。那店主人说了两句闲话，便问公子道："客官，方才走的那个娘儿们是一路来的么？"公子答道："不是。"店主人又问："这样，是一定向来认识，在这里遇着了。"公子道："我连她姓甚名谁、家乡住处都不知道，从哪里认得起？"店主人道："既如此，我可有句老实话说给你。客官，你要知我们开了这座店，将本图利，也不容易。一天开了店门，凡是落我这店的，无论腰里有个一千八百，以至一吊两吊，都是店家的干系。保得无事，彼此都愿意；有个失闪，我店家推不上干净儿来。事情小，还不过费些精神唇舌；到了事情大了，跟着经官动府，听审随衙，也说不了。这咱们可讲的是各由天命，要是你自己招些邪魔外祟来弄得受了累，那我可全不知道。据我看方才这个娘儿们太不对眼，还沾着有点子邪道。漫说客官你，就连我们开店的，只管什么人都经见过，直断不透这个人来。我们也得小心，客官你自己也得小心！"公子着急说："难道我不怕吗？她找了我来的，又不是我找了她来的，你叫我怎么个小心法儿呢？"那店主人道："我倒有个主意。客官，你可别想左了。讲我们这些开店的，仗的是天下仕宦行台，哪怕你进店来喝壶茶，吃张饼，都是我的财神爷，再没说拿着财神爷往外推的。依我说，难道客官你真个还等她三更半夜地回来不成，知道弄出个什么事来？莫如趁天气还早躲了，她晚上果然来的时候，我们店里就好回复她了。你老请想想，我这话是为我，是为你？”公子说：“你叫我一个人儿躲到哪里去呢？”

那店主人往外一指，道：“那不是他们脚上的伙计们回来了？”公子往外一看，只见自己的两个骡夫回来了。公子连忙问说：“怎么样？见着他没有？”白脸儿狼说：“好容易才找着了那个老爷，给你老讨了个信儿来。他说家里的事情摘不开，不得来。请你老亲自去，今儿就在他家住，他在家老等。”公子听了狐疑。那店主人便说：“这事情巧了。客官，你就借此避开了，岂不是好？”那两个骡夫都问：“怎么回事？”店家便把方才的话，说了一遍。骡夫一听，正中下怀，便益发撺掇公子快走。公子固是十分不愿——一则自己本有些害怕；二则当不得骡夫、店家两下里七言八语；三则想着相离也不过二十多里地，且到那里见着褚一官，也有个依傍。心中一时忙乱，便把华忠嘱咐的走不得小路和那女子说的务必等她回来见了面再走的这些话，全忘在九霄云外；便忙忙地收拾行李，骑上牲口，跟了两个骡夫竟自去了。

十三妹大破能仁寺

话说，高堰外河通判安学海的儿子安骥，因为带了银两从京里到淮安去救父，到了在平地方，下在悦来店里；不想遇见一个奇怪的女子，疑心是个歹人，就和两个骡夫上那二十八棵红柳树褚一官家去。原来那两个骡夫，一个叫苟傻狗，一个叫白脸儿狼，存心要谋劫财物，特地引安公子北去，走向黑风岗一路而来。

行了一程，到了黑风岗山脚，白脸儿狼对苟傻狗道："你照应行李，我先上岗去看看。"说着，把骡子加上一鞭子，奔上坡去。正走之间，不料冲出了一只猫头鹰，一翅膀正扇在那骡子的眼睛上。骡子一惊，就把白脸儿狼掀了下来，那骡子顺山脚跑去。白脸儿狼见骡跑了，爬起来就赶，一直赶到一座大庙。安公子抬头一看，山门上是"能仁古刹"四个大字，正中山门外面，左右两个角门，尽西头有个车门也都关着。那东边角门墙上，却挂着一个木牌，上写"本庙安寓过往行

十 三 妹

客”。隔墙一望,里面塔影冲霄,殿宇荒凉。庙外有合抱不交的几株大树,挨门一棵树下放着一张桌子、一条板凳。桌上放着几碗茶、一个钱笸箩。树上挂着一口钟,一个老和尚在这里坐着,卖茶化缘。公子便问那老和尚道:“这里到二十八棵红柳树还有多远?”那老和尚说:“你们上二十八棵红柳树怎的走起这条路来?你们想是从大路来的呀!你们上二十八棵红柳树自然该往南去才是呢。”公子一听:“这不又绕了远儿了吗?”这时太阳已经快要落下去了。那老和尚说:“这时候不早了,依我说,你们今晚且在庙里住下,明日早起再走不迟。”说着,拿起钟锤子来,当当当地便把那钟敲了三下。只见左边的那座角门哗啦一响,早走出两个和尚来。一个生得浑身精瘦,约有三十来岁;一个是个秃子,也有二十多岁。一齐向公子说:“施主寻宿处罢?庙里现成的茶饭,干净房子住一夜,随心布施,不争你的银钱。”公子还没说出话来,那两个和尚就先把那驮行李的骡子拉进门去。

公子进门一看,原来里面是三间正殿,东西六间配殿,东南角上一个随墙门,里边一个拐角墙挡住,看不见院落。西南上一个栅栏门,里面马棚槽道俱全。那佛殿门窗脱落,满地鸽毛蝠粪、败叶枯枝,只有三间西殿还糊着窗纸,可以住人。那和尚便引了公子,奔西配殿来。公子站在台阶上,看着卸行李。两个和尚也帮着搭那驮子,搭下来往地下一放,觉得斤两沉重。那瘦的和尚向着那秃子丢了个眼色道:“你告诉当家的一声儿,出来招呼客人。”那秃子会意,应了一声。去不多时,只见从那边随墙门儿里,走出一个胖大和尚来。那和尚生得浓眉大眼,赤红脸,糟鼻子,一嘴巴子硬触触的胡子碴儿,脖子上带着两三道血口子,看那样子像是抓伤的一般。他假作斯文一派,走到跟前,打着问讯说道:“施主辛苦了,这里不洁净,污辱众位罢咧,请到禅堂里歇罢。那里诸事方便,也严紧些。”

公子一面答礼,便同了那和尚往东院而来。一进门见是极宽展的一个平正院落,正北三间出廊正房,东首院墙另有个月光门儿,望着里面像是个厨房样子。进了正房,东间有槽隔断,堂屋、西间一通连,西间靠窗南炕通天排插。堂屋正中一张方桌、两个杌子,左右靠壁子两张春凳。东里间靠西壁子,一张木床,挨床靠窗两个杌子,靠东墙正中一张条桌,左右南北摆着一对小平顶柜。北面却又隔断一层,一个小门,似乎是个堆零星的地方,屋里也放着脸盆架等物。那当家的和尚让公子堂屋正面东首坐下,自己在下相陪。这阵闹,那天就是上灯的时候儿了。那天正是八月初旬天气,一轮皓月渐渐东升,照得院子里如同白昼,接着那两个和尚把行李等件送了进来,堆在西间炕上。当家的和尚吩咐说:“那脚上的两个伙计,你们招呼罢。”两个和尚笑嘻嘻地答应着去了。只听那胖和尚高声叫了一声:“三儿,点灯来。”便有一个十五六岁的小和尚点了两个蜡灯来,又去给公子倒茶打脸水。门外化缘的那个老和尚,也来照着恭恭敬敬服侍公子。公子心里十分过意不去。

一时茶罢,紧接着端上菜来,四碟两碗,无非豆腐、面筋、青菜之类。那油盘里又有两个盅子、一把酒壶。那老和尚随后又拿了一壶酒来,壶梁儿上拴着一根红头绳儿。说道:“当家的,这壶是你老的,也放在桌儿上。”那和尚赔着笑,向安公子道:“施主,僧人这里是个苦地方,没什么好吃的。就是一盅素酒,倒是咱们庙里自己淋的。”和尚说着,站起来拿公子那把壶满满斟了一盅送过去。公子也连忙站起来说:“大师傅,不敢当!”和尚随后把自己的酒也斟上,端着盅儿,让公子说:“施主,请!”公子端起盅子来,虚举了一举,就放下了。让了两遍，公子总不肯沾唇。那和尚说：“酒凉了，换一换罢。”说着，站起来把那盅倒在壶内，又斟了一盅，说道：“喝一盅。僧人五荤都戒，就喝一口素酒；这个东西冬天挡寒，夏天解疫，像走长道儿还可以解乏。喝了这一盅，我再不让了。”

那和尚一面送酒，公子一面用手谦让说：“别斟了，我是天性不饮，抵死不能从命。”一时匆忙，手里不曾接住，一失手，连盅子带酒掉在地下，把盅子碰了粉碎，泼了一地酒。不料这酒泼在地下，那和尚登时翻转面皮，说道：“我将酒敬人，并无恶意。怎么你酒也泼了，把我的盅子也碎了，你这个人好不懂交情！”说着，伸过手把公子的手腕拿住，往后一拧。

公子哎哟了一声，不由地就转过脸去，口里说道：“大师

傅！我是失手，不要动怒！”那和尚更不答话，把他推到廊下，只把这只胳膊往庭柱上一绑，又把那只胳膊也拉过来，交代在一只手里攥住，腾出自己那只手来，在僧衣里抽出一根麻绳来，把公子的手捆上。只吓得那公子魂不附体，战兢兢地哀求说：“大师傅不要动怒！你看菩萨份上，怜我无知，放下我来，我喝酒就是了。”那和尚尽他哀求，总不理他，怒轰轰地走进房去，把外面外衣脱了，又拿了一根大绳出来，往公子的胸前一搭，向后抄手，绕了三四道打了一个死扣儿。然后拧成双股，往腿下一道道地盘起来，系了个绳头。他便叫三儿拿家伙来，只见那三儿连连地答应说：“来了！来了！”手里端着一个红铜旋子，盛着半旋子凉水，旋子边上搁着一把一尺来长的牛耳尖刀。公子一见，吓得一身鸡皮疙瘩，顶门上轰的一声，只有两眼流泪、气喘声嘶的份儿，也不知要怎么哀求才好，没口子只叫："大师傅，可怜你杀我一个，便是杀我三个。"那和尚睁了两只圆彪彪的眼睛，指着公子道："小小子儿，别说闲话。你听着！我也不是你的什么大师傅，老爷是行不更名，坐不改姓，有名的赤面虎黑风大王的便是。因为看破红尘，削了头发，在这里出家，做这桩慈悲勾当。像你这个样儿的，我也不知宰过多少了。今日你既送上门来，老爷给你口药酒儿喝，叫你糊里糊涂地死了，就完了事呢。怎么你抵死不喝？我如今也不用你喝了。你先抵回死我瞧瞧，我要看看你这心有几个窟窿儿。"说着，两只手一层层地把安公子的衣襟扯开，把大襟向后又掖了一掖，露出那个白嫩嫩的胸膛儿来。他便向铜旋子里拿起那把尖刀，向安公子的心窝里刺来。

忽见斜刺里一道白光儿，从半空里扑来，他一见就知道有了暗算了，连忙就把刀子一掣，待要躲闪，让那白光儿从头上扑空了过去，然后腾出身子来，再做道理。谁想他的身子蹲得快，那白光儿来得更快，飕的一声，一个铁弹子正着在左眼上，哎哟一声，往后便倒，当啷啷手里的刀子也扔了。

那时三儿在旁边正呆呆地望着公子的胸脯子，要看着这回尖刀出彩；只听咕咚一声，他师傅跌倒了，吓了一跳，说："你老人家怎么了？这准是使猛了劲，岔了气了！等我腾出来扶起你老人家来吧。"才一转身，弯着腰要把那铜旋子放在地下，好去搀他师傅，这个当儿，又是照前飕的一声，一个弹子从他耳朵眼儿里打进去。打了个过膛儿，从右耳朵眼儿里钻出来，一直打到东边那个庭柱上，进去嵌在木头里边。那三儿只叫得一声："我的妈呀！"当，把个铜旋子扔了，身子也倒在那里了；那铜旋子里的水泼了一台阶，那旋子唏啷唏啷的一阵乱响，便滚下台阶去了。

却说那安公子此时已是魂飞魄散，昏不知人，只剩得悠悠的一丝气儿在喉间流连。那大小两个和尚怎的一声就双双地肉体成圣，他全不得知；及至听得铜旋子掉在石头上，当的一声响亮，倒惊得苏醒过来。

一睁眼，见自己依然绑在柱上，两个和尚又横躺竖卧，血流满面地倒在地下，丧了残生。他口里连称怪事，说："我安骥此刻还是活着？还是死了？这地方还是阳世？还是阴司？我这眼前见的这光景，还是人境啊？还是鬼境啊？还是……"口里这句话，说还不曾说完，只见半空里一片红光一直飞到面前。公子口里说声："不好！"重又定睛一看，原来是一个人。只见那人头上罩一方大红绉绸包头，从脑后燕尾边兜向前来，拧成双股儿，在额上扎一个蝴蝶扣儿。上身穿一件大红绉绸窄袖小袄，腰间系一条大红绉绸汗巾，下面穿一件大红绉绸甩裆中衣，脚下的裤腿儿看不清楚，看只是蹬着一双大红香羊皮挖云实纳的平底小靴子，左肩上挂着一张弹弓，背上斜背着一个黄布包袱，一头搭在右肩上，那一头儿却向左胁下掏过来系在胸前。那包袱里面是什么东西，却看不出来。只见她芙蓉面上挂一层威凛凛的严霜，杨柳腰间带一团冷森森的杀气；雄赳赳气昂昂地一言不发，闯进房去，先打了一照，回身出来，就用脚把那小和尚的尸首踢在那拐角墙边，然后用一只手提住那大和尚的领门儿，一只手揪住腰胯，提起来只一扔，和那小和尚扔在一处。她把脚下分拨得清楚，便蹲身下去把那刀子抢在手里，直奔了安公子来。

安公子此时吓得眼花缭乱，不敢出声，忽见她手执尖刀，奔向前来，说："我安骥这番性命休矣！"说话间，那女子已走到面前，一伸手先用四指搭住安公子胸前横绑的那一股儿大绳，向自己怀里一带，便用手中尖刀穿到绳套儿里，只一挑，那绳子就齐齐地断了。这一头儿一断，那上身绑的绳子便一段段地松了下来。安公子这才明白："她敢是救我来了。但是我在店里碰见一个女子，害得我到这步田地。怎的此地又遇见一个女子？好不作怪！"

那女子看了看公子那下半截的绳子，却是拧成双股挽了结子，一层层绕在腿上的，她觉得不便去解。她把那尖刀背儿朝上，刃儿朝下，按定了分中，一刀到底只一割，那绳子早一根变作两根，两根变作四根，四根变作八根，纷纷地落在脚下，堆了一地。她顺手便把刀子咔嚓一声，插在窗边柱子上，这才向安公子话得一个字，说道是："走！"安公子此时松了绑，浑身麻木过了，才觉得酸痛来，疼得他只是攒眉闭目,摇头不语。那女子挺胸扬眉地又高声说了一句话:“快走!”安公子这才睁眼望着她,说:“你……你……你这人叫我走到哪里去?”那女子指着屋门说:“去到屋里去。”安公子说:“哪,哪……我的手还捆在这里,怎么走法?”

那女子听了安公子这话,转向柱子后面一看,果然有条小绳子捆了手。她便寻着绳头解开,向公子道:“这可走罢。”公子松开两手,慢慢地拳将过来,放在嘴边咈咈地吹着,说道:“痛煞我也!”说着,顺着柱子把身子往下一溜,便坐在地下。那女子焦躁道:“叫你走,怎的倒坐下来了呢?”安公子望着泪流满面地道:“我是一步也走不动了。”那女子

听了，就把左肩的那张弹弓褪了下来，弓背向地，弓弦朝天，一手托住弓靶，一手按住弓梢，向公子道："你两手攀住那弓，就起来了。"公子说："我这样大的一个人，这小小弓儿如何擎得住？"那女子说："你不要管，且试试看。"公子果然用手攀住了那弓面子，只见那女子左手把弓靶一托，右手将弓梢一按，钓鱼儿一般轻轻地就把个安公子钓了起来。从旁看看，倒像树枝儿上站着个才出窝的小山喜鹊儿，前仰后合地站不住；又像明杖儿拉着个瞎子，两只脚就地儿挨走。

却说那公子立起身来站稳了，便把两只手倒转来扶定那弓面子，跟了女子一步步地踱进房来。进门行了两步，那女子意思要把他扶到靠壁放的这张春凳上歇下。还不曾到那里，他便双膝跪倒，向着那女子道："你是什么人？来解我这场大难，救了残生，望你说个明白！我安骥果然不死，父子相见，那时一定重重谢你。"那女子听了这话，笑了一声，道："你方才同我在悦来店对面谈了那半天，又不隔了十年八年、千里万里，怎的此时会不认得了？"安公子听了这话，再留神一看，可不是店里遇见的那人么？他便跪在尘埃说道："原来就是店中相遇的那位姑娘！姑娘，不是我不相认，一则是灯前月下，二则姑娘的这番装束与店里见的时节大不相同，三则我也是吓昏了，四则断不料姑娘肯这等远路深更赶来救我这条性命。你真真是我的恩人！"那女子并不在这些闲话上留心，就连公子在那里磕头礼拜，她也不曾在意。只见她忙忙地把那张弹弓挂在北墙一个钉儿上，便回手解下那黄布包袱来，两手从脖子后头绕着往前一转，一手提了往炕上一掷，只听扑通一声，那声音觉得像是沉重。又见她转过脸去，两只手往短袄底下一抄，就从衣襟底下忒楞楞露出一把背儿厚、刃儿薄、尖儿长、靶儿短、削铁无声、吹毛过刃、杀人不沾血的斩铜折铁雁翎倭刀来。那刀露将出来，映着那月色灯光，明闪闪、颤巍巍，冷气逼人，神光绕眼。她指定炕上那黄布包袱，向安公子说道："我这包袱万分的要紧。如今交给你，你挣扎起来上炕去，给我紧紧地守着它。少刻这院子里定有一场大闹，你要爱看热闹儿，窗户上捅个小窟窿，巴着瞧瞧使得，可不许出声儿！万一你出了声儿，招出事来，弄得我两头儿照顾不来，你可没有两条命，小心！"说着，噗的一声先把灯吹灭了，随手便把房门掩上。公子一见说："这是做什么呀？"那女子说："不许说话！上炕看着那包袱要紧。"公子只得一步步地蹭上炕去，也想要把那包袱提起来，提了提没有动，便两只手拉到炕上边，一屁股坐在上头，谨遵台命，一声儿不哼，稳风儿不动地听她怎生个作用。

却说那女子吹灭了灯，掩上了门。她倚在门旁，不作一声地听那外边的动静。约莫也有半碗茶时，只听得远远的两个人说说笑笑，从墙外走来，口里唱着道：

八月十五月儿照楼，两个鸦虎子去走筹。一根灯草嫌不亮，两根灯草又嫌费油。有心买上一支洋蜡烛，倒没我这脑袋光溜溜！

那女子听了，心里说道："这一定是两个不成材料的和尚。"她便舔破窗棂，往窗外一看，果见两个和尚嘻嘻哈哈，醉眼模糊地走进院门。只见一个是个瘦子，一个是秃子。他两个才拐过那座拐角墙，就说道："咦！师傅今日怎么这样早，就吹灯儿睡了？"那瘦子说："想是了了事儿罢咧！"那秃子说："了了事，再没不知会咱们来扛的。"二人你一言，我一语的，只顾口里说话，不防脚底下当的一声踢在一件东西上，倒吓了一跳。低头一看，原来是个铜旋子。那秃子便说道："谁把这东西扔在这儿咧？这准是三儿干的，咱们给它带到厨房里去。"说着，弯下腰去提那旋子。起来一抬头，月光之下，只见拐角墙后躺着一个人，那瘦子走到跟前一看，道："怎么俩呀？"再弯腰一看，他就跳将起来说："敢则是师傅！你瞧，三儿也僵了。这是怎么说？"秃子连忙扔下旋子，赶过去看了，也诧异道："这可是邪的，难道那小子有这么大神通不成！但是他又哪儿去了呢？"秃子说："别管那些！咱们踢开门进去瞧瞧。"说着，才要向前走，只听房门响处，早蹿出一个人来，站在当院子里。

二人冷不防，吓了一跳，一看，见是个女子，便不在意。

那秃子向前问道："你是谁？"那女子答道："是我！"秃子道："是你，就问你咧。我们这屋里那个人呢？"女子道："这屋里那个人，你交给我了吗？"那瘦子道："先别讲那个，我师傅这是怎么了？"女子道："你师傅，这大概算死了罢！"瘦子道："知道是死了。谁弄死他的？"女子道："我呀！"瘦子道："你讲什么情理弄死他？"女子道："准他弄死人，就准我弄死他，就是这么个情理。"瘦子听了这话说得野，伸手就奔了那女子去。只见那女子不慌不忙，把右手从下往上一翻，用了个叶底藏花的架势，扑通一个反手巴掌，早打在他腕子上，拨了开去。那瘦子一见，说："怎么着？手里灵活，就打了我了。你等等儿，咱们爷儿俩较量较量。你大概也不知道你小大师傅的少林拳有多么霸道。可别跑！"女子说："有跑的不来了，等着请教。"那瘦子说着，甩了外面的僧衣，交给秃子说："你闪开，看我打她个败火的红姑娘儿给你瞧。"那女子也不和他斗口，便站立台阶前看他怎生个下脚法。只见那瘦子紧了紧腰，转向南边，向着那女子吐了个门户，把左手拢住右拳头，往上一拱，说了声："请！"

那女子见他一拱手，也丢个门户，一个进步便到了那和尚跟前，举起双拳，先在他面门前一晃，这叫作"开门见山"，却是个花招儿。破这个架势，是用右胳膊横着一搪，封住面门，顺着用右手往下一抹，拿住他的左腕一拧，将他身子拧过来，却用右手从他脖子右边反插将去，把下巴一掐，叫作

“黄莺搦嗉”。那瘦和尚见女子的双拳到来,就照式样一搪。不想她把拳头虚着晃了一晃,趄回身去就走。那瘦子哈哈大笑说:“原来是个玩女筋斗的,不怎么样!”说着,一个进步跟下去,举手向那女子的后心就要下手,这一着叫作“黑虎偷心”。他拳头已经打出去了,一眼看见那女子背上明晃晃、直矗矗地掖着把刀,他就把拳头往上偏左一提,照左肋骨上打去,明看着是着上了。只见那女子左肩膀往前一扭,早打了个空。他自觉身子往前一扑,赶紧地做了个拿桩势。只这拿桩的这个当儿,那女子就把身子一扭,甩开左脚,一回身当的一声,正踢在那和尚右肋上。和尚哼了一声,才待还手,那女子收回左脚,却脚跟向地下一碾,抡起右腿,甩了一个旋风脚,那和尚左太阳上早着了一脚,站脚不住,咕咚向后便倒。这一着叫作“连环进步鸳鸯拐”。那秃子看见,骂了声:“这不反了吗?”一气跑到厨房,拿出一把三尺来长铁火剪来,轮得风车儿般,向那女子头上打来。那女子也不去搪它,连忙把身子闪在一旁,拔出刀来,单臂抡开,从上往下只一盖,听得噌的一声,把那火剪齐齐地从中腰里砍作两段。那个和尚手里只剩得一尺来长两根大镊头钉子似的东西,怎的个斗法?他说声不好,丢下回头就跑。那女子赶上一步,喝道:“狗男女,哪里走?”在背后举起刀来,照他的右肩膀一刀,从左肋里砍将过来,把个和尚弄成了黄瓜腌葱——剩了个斜岔儿了。这时,只见一个老和尚用大袖子捂着脖子,从厨房里跑出来,溜了出去。那女子也不追赶,向他道:“不必跑,饶你的残生,谅你也不过是出去送信,再叫两个人来。索性让我一不做,二不休,见一个杀一个,见两个杀一双,杀个爽快。”说着,把那两个尸首踢开,先清楚了脚下,只听得外面果然闹闹吵吵的,一轰进来一群四五个七长八短的和尚,手拿锹镢棍棒,拥将上来。女子见这般人,浑头浑脑,心里想道:“这倒不好和他交手,且打倒两个再说。”她就把刀尖虚按一按,托地一跳,跳上房去,揭了两片瓦,朝下打来。一瓦正打中拿枣木杠子的一个大汉的额角,噗的一声倒了,把杠子撂在一边。那女子一见,重新跳将下来,将那杠子抢到手里,掖上倭刀,一手抡开杠子,指东打西，指南打北，打了个落花流水，东倒西歪，一个个都打倒在东墙角跟前，翻着白眼拨气儿。那女子冷笑道："这等不禁断打，也值得来送死？我且问你，你们庙里照这等没用的东西，还有多少？"

言还未了，只听脑背后暴雷也似价一声道："不多，还有一个。"那声音像是从半空里飞将下来。紧接着就见一条纯钢龙尾禅杖撒花盖顶地从脑后直奔顶门。那女子眼明手快，连忙丢下杠子，拿出那把刀来往上一架，棍沉刀砍将将地抵一个住。她单刀一攒劲，用刀挑开了那棍。回转身来，只见一个虎面行者，前发齐眉，后发盖颈，头上束了一条日月渗金箍，浑身上穿一件玄青缎排扣子滚身短袄，下穿一条玄青缎兜裆鸡腿裤，腰系双股鸾带，足蹬薄底快靴，好一似蒲东寺不抹脸的憨惠明，还疑是五台山没吃醉的花和尚。那女子见他来势凶恶，先就单刀直入取那和尚，那和尚也举棍相迎。他两个，一个使雁翎宝刀，一个使龙尾禅杖。一个棍起处似泰山压顶，打下来举手无情；一个刀摆处如大海扬波，触着它抬头便死。刀光棍势，撒开万点寒星；棍竖刀横，聚作一团杀气。一个莽和尚，一个俏佳人；一个穿红，一个穿黑。彼此在那冷月昏灯之下，来来往往，吆吆喝喝。这场恶斗，斗得来十分好看。那女子斗到难解难分之处，心中暗想说："这个和尚倒来得恁地了得！若和他这等油斗，斗到几时？"说着，虚晃一刀，故意地让出一个空儿来。那和尚一见,举棍便向她顶门打来。女子把身子只一闪,闪在一旁,那棍早打了个空。和尚见上路打她不着,掣回棍便从下路扫着她踝子骨打来。棍到处,只见那女子两只小脚儿拳回去,踢跶一跳,便跳过那棍去。那和尚见两棍打她不着,大吼一声,双手攒劲抡开了棍,便取她中路,向左肋打来。那女子这番不让了,她把柳腰一摆,将身向右一折,那棍便擦着左肋奔了胁下去。她却扬起左胳膊,从那棍的上面向外一绰,往里一裹,早把棍绰在手里。和尚见他的兵器被人吃住了,咬着牙,撒着腰,往后一拽。那女子便把棍略松了一松,和尚险些儿不曾坐个倒蹲儿,连忙地插住两脚,挺起腰来往前一挣。那女子乘势把那棍往怀里只一带,那和尚便跟了过来。女子举刀向他面前一闪,和尚只顾躲那刀,不妨那女子抬起右腿用脚跟向胸脯上一蹬,他却立脚不稳,不由地撒了那纯钢禅杖,仰面朝天倒了。那女子笑道:“原来也不过如此!”那和尚在地下,还待挣扎,只听那女子说道:“不准起动,我就把你这蒜锤子砸你这蒜头。”说着,掖起那把刀来,手起一棍,打得他脑浆迸裂,霎时间青的红的白的黑的都流了出来,呜呼哀哉,敢是死了。

那女子回过头来,见东墙边那五个死了三个,两个挣扎起来,在那里把头碰得山响,口中不住讨饶。那女子道:“委屈你们几个,算填了馅了。只是饶你不得。”随手一棍一个,也结果了性命。那女子片刻之间,整整杀了十个人。她这才抬头望着那一轮冷森森的月儿，长啸了一声，说："这才杀得爽快，只不知屋里这位小爷吓得是死是活。"说着，提了那禅杖，走到窗前，只见那窗棂儿上果然地通了一个小窟窿。她巴着往里一望，原来安公子还方寸不离，坐在那地方，两个大拇指堵住了耳门，那八个指头捂着眼睛，在那里藏猫儿呢！那女子叫道："公子，如今庙里的这班强盗都被我断送了。你可好生地看着那包袱，等我把这门户给你关好，向各处打一照再来。"公子说："姑娘，你别走。"那女子也不答言，走到房门跟前看了看，那门上并无锁钥纽扣，只钉着两个大铁环子。她便把手里那纯钢禅杖用手弯了转来，弯成两股，把两头插在铁环子里，只一拧，拧了个麻花儿，把那门关好。

她重新拔出刀来，先到了厨房，趄身就穿过那月光门，出了院门，奔了大殿而来。又见那大殿并没些香灯供奉，连佛像也是蒙满尘灰。顺路到了西配堂一望，寂静无人。再往南便是那座马圈的栅栏门，进门一看，原来是正北三间正房，正西一带灰棚，正南三间马棚。那马棚里卸着一辆粗席篷子大车。一头黄牛、一匹葱白叫驴，都在空槽边拴着。院子里四个骡子，守着些草料在那里啃。南头一间，堆着一地喂牲口的草料，草堆里卧着两个人。从窗户映着月光一看，只见那两人身上只剩得两条裤子，上身剥得精光，胸前都是血迹模糊碗大的一个窟窿，心肝五脏都掏去了。细认了，却是那两个骡夫。那女子看见点头道："这还有些天理。"说着，转身奔到了正房。

那正房里面灯烛点得正亮，两扇房门虚掩；推门进去，只见方才溜了的那个老和尚，守着一堆炭火，旁边放着一把酒壶、一盅酒，正在那里烧两个骡夫的狼心狗肺吃呢！他一见女子进来，吓得才待要嚷，那女子连忙用手把他的头往下一按，说："不准高声，我有话问你。说得明白，饶你性命。"不想这一按，手重了些，按错了笋子，把个脖子按进腔子里去，哼的一声也交代了。那女子笑了一声说："怎的这等不禁按？"她随手把桌子上的灯拿起来，里外到处一照，只见不过是些破箱破笼、衣服铺盖之类，又见那炕上堆着两个骡夫的衣裳行李，行李堆上放着一封信，拿起那信来一看，上写着"褚宅家信"，那女子自语道："原来这封信在这里。"回手揣在怀里，迈步出门，嗖的一声，纵上房去。又一纵，便上了那座大殿，站在殿脊上四边一望，只见前是高山，后是旷野，左无村落，右无乡邻，只那天上一轮冷月，眼前一派寒烟。这地方好不冷静！又向庙里一望，四边寂静，万籁无声，再也望不见个人影儿，说："端的是都被我杀尽了！"

看毕，顺着大殿屋脊回到那禅堂东院，从屋上跳将下来。她就先到厨房，向灶边寻了一根稻稿，在灯盏里蘸了些油，点将出来。到了那禅堂门首，一只手扭开那锁门的禅杖，进房先点上了灯。那公子见她回来，连忙站起来道："姑娘，人非草木，方才我安骥只为自己没眼力，没见识，误信人言，以致自投罗网，被那和尚绑上，要取我的心肝。若不亏姑娘前来搭救，再有十个安骥，只怕此时也到无何有之乡了。此恩终身难报，却不知姑娘因何前来救我，更不得知姑娘因何一直赶到此地来救我，还求你说个明白。再求你留下名姓，待我安骥禀过父母，先给你写个长生禄位牌儿，香花供养。你的救命深恩，再容图报。”那姑娘道：“我的姓名虽然可以不谈，有等知道我的、认识我的，都称我作十三妹，你叫我十三妹就是了。”安公子听了这话，想了一想道：“姑娘你这称呼，是九十的‘十’字，还是金石的‘石’字?”十三妹道：“这随你算哪个字都使得。”接着，便长叹了口气，眼圈儿一红，说道：“你要知我的来历，我也是个好人家的儿女。我父亲也做过朝廷的二品大员。”安公子接着问道：“姑娘既是位大家闺秀，怎生来得到此?”十三妹道：“你听我说，我父亲曾任副将，只因遇着了个对头，得罪了那厮。他就寻个缝

子,参了一本,将我父亲革职拿问,下在监里,父亲一气身亡。那时要仗我这把刀、这张弹弓子,不是取不了那贼子的首级,要不了那贼子的性命。因为我上有老母,下无兄弟,父亲既死,就仗我一人奉养老母。万一事机不密,我有个短长,母亲无人养赡,因此上忍了一口恶气。又恐那贼子还放我孀母孤女不下,我叫我的乳母丫鬟,身穿重孝,扮作我母女模样,扶柩还乡。我自己却奉了母亲,避到此地五十里地开外的一个地方,投奔一家英雄。我才得腾出这条身子来,弄几文钱,供给老母的衣食。说来不怕你笑,我活了十九岁,不知横针竖线,你就叫我钉个纽扣子,我不知从哪头儿钉起。我只得靠着这把刀、这张弹弓,寻找些没主儿的银钱用度。"这安公子听到这里,问道:"姑娘,世间哪有没主儿的银钱?"姑娘道:"你是个纨绔膏粱,这也无怪你不知。听我告诉你,即如你这囊中的银钱,是自己折变了产业,去救你的令尊,交国家的官项,这便是有主儿的钱。再如这清官能吏,勤俭自奉,剩些廉俸;那买卖经商,辛苦贩运,剩些资财;那庄农人家,耕种耙锄,剩些衣食,也叫作有主儿的钱。此外有等贪官污吏,不顾官声,不惜民命,腰缠一满,十万八万地饱载而归;又有等劣幕豪奴,主人赚朝廷的,他便赚主人的,及至主人一败,他就远走高飞,卷囊而去;还有一等刁民恶棍,结交官府,盘剥乡愚,仗着银钱,霸道横行,无恶不作,这等钱都叫作没主儿的钱。凡是这等钱,我都要用他几文,不但不领他的情,还不愁他不双手奉送。这句说话,要明讲,就叫那女强盗了。”公子说:“姑娘既是官宦人家的千金,怎生有这般的本领?倒要请教。”那姑娘道:“这也有个缘故。我自幼也曾读书识字,自从我祖父手里就了武职,便讲究些兵法阵图,练习各般武备,因此我父亲得了家学真传。那时我在旁见了这些东西,便无般地不爱。我父亲膝下无儿,就把我当个男孩儿教养。见我性情和这事相近,闲来也指点我的刀剑枪法,久之就渐渐晓得了些道理。及至看了那各种兵书,才知不但技艺可以练得精,就是膂力也可以练得到。若论十八般兵器,我都是拿得起来,只这刀法、枪法、弹弓、射箭、拳脚,却是老人家口传心授。这便是我的来历。我可不是上山学艺,跟着黎山老母学来的。”便又问道:“如今我的话是说完了,就要请教你了。我在悦来店临别的时节,这等地嘱咐你,千万等我回来见面再走。你到底不候着我回店,索性等不到明日,仓促而行,这怎么讲?这也罢了!只是你又怎的会走到这庙里来?倒要请教。”安公子听了这话,惭惶满面,说道:“姑娘,你问到这里,我安骥诚惶诚恐,愧悔无地,如今真人面前讲不得假话。我在店里听了姑娘的那番话,始终半信半疑,原想等请了褚一官来,见他再做道理。不想那去请褚一官的骡夫还不曾回来,那店主人便来说了许多的混账话,我益发怕将起来。正说着,两个骡夫回来,又备说这褚一官不能前来,请我今晚就在他家去住的话。那骡夫、店家,又两下里一齐在旁撺掇,是我一时慌乱,就匆匆而走。不想将上那座高岭,又出桩岔事,偏偏地又投了这凶僧的一座恶庙,正所谓'飞蛾投火,自取焚身'。现在我真真的愧悔无地!"十三妹道:"你也晓得后悔,我索性叫你大悔一悔。听我告诉你,你心心念念感激的这两个骡夫,倒是你的勾魂使者。"安公子听了吃惊道:"姑娘,你此话怎讲?"姑娘道:"今日这场是非,也叫作合当有事。我今日因母亲的薪水不继,偶然出来走走,不想走到岔道口的山前,遇见两个人在那里说话。我骑着骡儿,从旁经过,只听得一个道:'咱们有本事,硬把他被套里头这二三千银子搬运过来,还不领他的情呢!'我听了这话一想,这岂不是一桩现成的事,与其等他搬运,我何不搬运来用用?因把牲口一带,绕到山后,要听听这桩事的方向来历。"当下便把他们怎的商量,怎的说不到二十八棵红柳树送信回来,怎的赚安公子出店上路,怎的到黑风岗要把他推落山涧,拐了银子逃走的话,说了一遍。此时安公子才如梦方醒。

只听他说道:"姑娘,我安龙媒枉读诗书,在你覆载包罗之下,全然不解。如今看了你这番雄心侠义,竟激动我的性儿了,我竟要借你这把钢刀一用。"说着伸手就拿那刀。十三妹一把按住他问道:"你这又做什么?"安公子道:"我要寻着那两个骡夫,把这大胆的狗男女碎尸万段,消我胸中之恨。"十三妹道:"这桩事不劳费心,方才那位大师傅不曾取你的心肝的时候，二师傅已就把他两个的心肝取了去了。你要不信，给你个凭据看看。”说着向怀里掏出一封信来，递给公子。安公子一看，果然是交骡夫送去的那封信，连说道：“有天理呀，有天理！”十三妹又向安公子道：“俗语说的，救火须救灭，救人须救彻。我明明听得那骡夫说，不肯给你送这封信去请褚一官。况且那褚一官，我也略晓得些消息，便去请他，他三五天里也来不了。就让你在悦来店呆等，不致遭骡夫的毒手，你又怎能够到得淮安？所以我才出去走那一趟，要把事替你布置得周全安妥，好叫你大路赶程，早早地图一个父子团圆，人财无恙。不想我把事情弄妥了，赶回店来，你倒躲了我。问问店家，他说的言语支离，推说不知去向，及至问到他无话可支了，他才说是两个骡夫请你到褚家住歇去。我一听这事不好了，这两个既不曾到褚家去，褚家这话从何而来？可不是要赚你上黑风岗去。这样一来，这岂不是我不曾提你出火坑来，反沉你到海底去了么？我十三妹这场孽，可也造得不浅！我就拨转头来，顺着黑风岗这条路赶来。我一口气赶到庙前，还不曾见个端的，就一纵身上了山门，往庙里一望，只见正殿院落漆黑，只有那东西两院看得见灯火。及至我上了房，隐在山脊背一看，正见那凶僧，手执尖刀，和你公子说那段话。彼时我要跳下去，诚恐一个措手不及，那和尚先下手，伤了你的性命，因此暗中连放了两个弹子，结果了两个僧人。至于后来的那般秃厮,都是经公子亲眼见的。我原无心要他俩的性命,怎奈他一个个自来送死,也是他们恶贯满盈,莫如叫他俩早把这口气还了太空,早变个披毛戴角的畜生,倒也是法门的方便。再说假如这时要留他一个,你未必不再受累,又费一番唇舌精神,所以才斩草除根,不曾留得一个。安公子,如今你大约该信得我不是为打算你这几千两银子而来了罢?”

此时安公子被十三妹一番言语,说得闭口无言。停了会儿,安公子才想起那黄布包袱,就连忙到炕上,双手抱起来,送到十三妹跟前,放在桌儿上说:“姑娘,这是你交给我看守着的那个包袱,我听你说得要紧,方才闹得那等乱哄哄的,我只怕有些失闪,如今幸而无事,原包交还,姑娘收明了。”姑娘道:“借重费神,只是我不领情,这东西与我无干,却是你的。”安公子诧异道:“这分明是姑娘方才交给我的,怎生说是我的东西起来?”十三妹道:“你听我说,方才在店里的时候,你不说你令尊的官项须得五千余金才能无事么?如今你囊中只得二千数百两,才有一半。听说他老人家又是位一尘不染、两袖皆空的。世情如纸,只有锦上添花,谁肯雪中送炭,那一半又向哪里弄去?万一一时不得措手,后任催得紧,上司逼得严,依然不得了事。那时岂不连你这一半的万苦千辛也前功尽弃?所以今日晌午,我在悦来店出去走一趟,就是为此。我从店中别后,便忙忙地先到家中,把今晚不得早回的缘由禀过母亲,一面换了行装,就到二十八棵红柳树找着我提的那位老英雄，要暂借他三千金，了你这桩大事。这位英雄就借了二百两足色黄金，大约也够三千两光景，你就好好收了罢。”说着解开包袱，又把两封纸包拆开，只见包着二百两上色叶金。只是安公子承这位十三妹姑娘保了资财，救了性命，安了父母，已是喜出望外。如今又见她这番深心厚意，宛转成全，又是欢欣，又是感激。想起自己一时地不达时务，还把她当作个歹人看待，又加上了一层懊悔、一层羞愧，不觉得那两行眼泪就如涌泉一般，流得满面啼痕，向那姑娘道：“姑娘，我安骥真无话可说了。自古道‘大恩不谢’，此时我倒不能说那些客套虚文，只是我安骥有数的七尺之躯，你叫我今世如何报答？”十三妹道：“公子你也且住悲啼，不须介意。要知天下的资财原是天下公共的，不过有这口气在，替天地流通这桩东西。说这是你的，那是我的，到头来究竟谁是谁的？只求个现在取之有名、用之得当就是了。花用得当，万金也不算虚花；用得不当，一文也叫作枉费。即如这三千两金，成全了你的一片孝心、老人家半世清名，这就不叫作虚花枉费。不但授者心安，受者心安，连那银子都算不枉生在天地间了！何况我这几两银子，这手来，那手去，你又何必这等较量锱铢？”安公子听了，只有领受，不好辞却。这时早已过了半夜，安公子整了整行李，就趁着那斜月残星上路。十三妹也就护送了一程，方才大家分路各自走了。

金大力棍打恶棍

清朝景州地方，有个恶棍罗似虎，绰号恶阎罗，奸恶无比，听说施仕伦钦差到了景州，便想了许多法子，谋害施公，幸而黄天霸等尽力救护，得免意外。施公吩咐黄天霸前往捉拿罗似虎，罗似虎拔脚逃避。黄天霸不舍，便一路追赶，正行走间，忽听发了一声喊，从树林中有三两匹马闯上来，把路挡住，一齐在马上大喝："那小厮快留下买路钱，饶你不死，如稍延迟，大王爷把你拿下来。"天霸闻言，并不动怒，瞧了瞧，这些人全不认得，暗道："这都是哪里饿鬼？只知有些棒子棍子本领，就要出来露脸。我黄某当日在绿林中的时候，总没见过他们一人。"众寇见天霸不语，他们以为他心里害怕。内中小银枪刘虎，年轻口快，他本是宝坻县人，一口的土音，先就一声大喝，说："那小厮你不必打主意咧！有银子快献出来，算在大王跟前尽了孝心。若是没银子，快把脖子伸出来，吃你刘老叔三枪。"黄天霸听了笑说："你不必狂言，你如果杀得过你黄祖宗，就赏你银子。"刘虎以为他是个平常人，一听此话，便动了无名之火，大骂："小子休得撒野！"随就望天霸用枪刺来。黄天霸仗

着武艺精通，不慌不忙，早把那鞘内钢刀拿在手中，只听当啷一声，架住银枪。刘虎骂声："匹夫，好大胆子，你竟敢磕我兵器！想要逃生，大王爷不给你个厉害，你也不怕。"说着又旋回马，用枪直刺。天霸躲过，刘虎一枪刺空，把他气得满脸通红，抽回枪，改了一个回路，直取天霸。天霸见刘虎枪来切近，把胳膊一扬，身子一闪，让过枪尖，一伸手把枪揪住，右手刀往上一举，喝声："小子看刀。"刘虎说声"不好"，便两腿甩镫，就势往旁边一闪，只听噗的一声，天霸的刀正砍在马后背骨上。那马负痛叫了一声，蹿出数步之远，栽倒在地上。刘虎爬起来，抱着脑袋，疾走如飞。天霸一见哈哈大笑。这时黑面熊胡六、白脸狼马九、宽胳膊赵八见刘虎这

个光景，齐催马上来围住天霸。天霸微微一笑，掏出镖，照准胡六打去。胡六一个筋斗，倒栽马下。赵八、马九慌了，背了胡六就奔，前往告诉金大力。

却说金大力原是一条好汉，因他武艺出众，众寇都与磕头，拜成弟兄，邀他入伙，尊为老大哥。这夜正在林外广场上耍棍，忽见罗似虎匆匆逃来，大力提棍拦住去路，不放那人前行。罗似虎也举刀就砍。二人交战了十多回合，金大力觑个真切，举起一棍，早着在罗似虎腿上，倒在地上。金大力一手拿棍，一手把罗似虎拖了回庙，把他捆住，关在后殿。方想和众人一同饮酒，忽见刘虎慌慌张张跑进来，说道："了不得了！禀大哥知道，方才路遇一人将胡六打伤了，若非大哥出来，恐怕他要找上门来。"金大力一听，把桌一拍，怒冲冲道："何处小辈，胆敢欺压兄弟？你不用着忙，我金某与他拼命罢。"忙往架上取出棍来，率领众寇，就往外走。这时天霸追赶二贼，刚刚来至庙外，猛见庙里出来一众人，为首的一条大汉，右手斜提一根浑铁棍，杀气腾腾，很有威风。天霸暗想：“这厮来得凶猛，必是寻找我，倒要留神。”天霸正打主意，只听那大汉喊了一声，蹿到跟前，照着天霸举棍打来。天霸见棍来至切近，忙把刀往上一磕，只听当的一声，刚刚磕开，暗想：“这厮厉害，不但哭丧棒不轻，手上的劲也不小。”天霸正自沉吟，只见那大汉一棍没打着，急得他暴跳如雷，斜行跃步，两手举棍照着马七寸子上就是一棍。天霸的眼尖，急力甩镫，扑蹿到那边地下站住，只见马腿上已着了棍。那马喊了一声，栽倒尘埃。天霸心中大怒，骂声：“好囚徒，伤我坐骑，吃我一刀罢。”嗖的就是一刀。金大

力回转身来,用棍腾开。天霸先抢了上首站住。金大力用手拿棍,复又交锋,战了几个回合。天霸暗里夸奖,这厮果然本领高强,当下把钢镖一支,擎在手中,手里架着他的棍,眼里觑了个空子,一撒手,只听得一响,金大力哎哟了几声,咕咚栽倒在地。天霸举刀要砍,只见众寇着忙,说声:“不好,我们快救大哥要紧。”一个个手忙脚乱,又不敢上前。内中恼了一个盗寇,叫亚油墩李四,大叫:“众兄弟,同我上前动手。”言罢先迈步就跑。众寇发声喊,一拥齐上挡住天霸,刀枪并举,把天霸围在居中。众小卒上前把寨主搀起,坐在地上。金大力真算好汉,连眉也不皱,只见众人围住伤他的那人,他便高声大叫说:“诸位兄弟,你等须要大家努力拿住这小辈! 哪个退后,放跑了那厮,我定砍他的头。”

这时候,猛听得人声喧闹,只见庙内又出来了十余人,后跟着一人。众盗知是寨主的朋友,前来助战,直扑了面门而来。这时已是半夜,虽有月光,到底看不真切,天霸也不知道是谁人,只听身后一人高叫:“那里面的可是黄天霸黄老兄弟么?”黄爷听了,语音很熟,也就高声说道:“问我的可是王栋王哥么?”那人一听,说:“众位休动手,我们都是一家人。”众人闻听,一齐大笑。那个金大力已走至面前,王栋道:“应了俗言,大水冲到龙王庙来了,二位大爷见一见罢。”说着,王栋便代二人道明姓氏。金大力赶着与黄天霸拉了拉手儿道:“久仰大名,失敬失敬。”天霸回答道:“好说好说,弟方才冒犯,望老兄恕罪。”金大力哈哈大笑,叫声:“王兄弟,你知道我的为人,是最爽快。这位黄爷既是你的朋友,与我的朋友一样。”大家一笑而罢。王栋又引进众人各拉拉手儿,坐下叙谈。

且说恶棍罗似虎的家奴李兴儿见罗似虎被金大力捉了去,自觉无颜回家,心想:“我何不去找主人的朋友东村的石八太爷去?他现在做窃家头领,武艺高强,或者可以替主人报仇。”想罢,直向东村而来,到了石八的大门口,打得门连声山响,叫了半天,里面有人答应,硬声硬气地说:“外面是谁?”那人气愤愤出来,哗啷一声,把门放开。但见他披着衣裳,怒目横眉地道:“你是哪里来的?怎么这样不知好歹,三更半夜,拍门打户。”李兴儿看那人有五十多岁,知他已安睡,怕他生起气来,连忙叫声:“太爷,你不用生气。我是独虎营罗老叔那里来的,特见八太爷有件要事奉求。”那人道:“八老爷被真武庙六师父请了去咧。”兴儿听了,一抖缰便奔真武庙。到了庙门首下马,手拍门。有个小沙弥出来问:“是谁?”李兴儿把来意说了一遍。沙弥入内,回明复又出来,开门让李兴儿进去,闭上山门。李兴儿把马拴在门柱上,跟随小和尚来至三间禅堂,但见墙上挂着弓箭、腰刀、弹弓子各样兵器,炕上放着骰盆,上有许多人围着掷骰子。李兴儿一看,认得是主人把兄把弟。这伙人是谁呢?渗金佛吴六、朱砂眼王七、泥金刚危四、短辫子马三、白吃猴郭二、破脑袋张三、净街锣邓四、秃爪鹰崔老、金钟罩屠七、显道神石八、蝎虎子朱九、坐地炮刘十，还有红带子八老爷，共十三个人，都与他爷相好。听着语音，还有两个人，并不认得。又见一个凶眉恶眼和尚，李兴儿认得是这庙的六和尚，连忙上前先给石八打了个千儿，然后挨次问了好，又望着六和尚道："六老爷好，我们爷叫我请六老爷安。"恶僧最喜奉承，一听这话，点头笑说："啊，好好，你老爷好啊！"吩咐性广拿个座儿，叫他歇歇。石八先就开言叫声："相公，半夜三更到此找我，有什么事情？"李兴儿随口撒谎说："八太爷，白日京里来了一封信，是我们大太爷教我们爷立刻起身进京。小的主人心忙意乱，立刻登程。哪知美中不足，刚出门遇见一伙大盗，截住硬要银子。偏偏我们走得慌速，未带银子。强盗不依，还要剥皮摘心。小的主人无奈，说出众位太爷们来，心想着吓退他们好走，还提六老爷的大法号。哪知他们不但不怕，反倒动怒，说出来的言语，很是无礼。小的无奈，才回来到八太爷府上来送个信，怎样搭救主人脱难。"言毕回身就要告别。内中恼了显道神石八，道："李兴儿你且站住，你主人既有这事，难道八太爷还了不开这点小事吗？"李兴儿连忙站住，尊声："八太爷，这些人都是马上的强盗，一个个凶如太岁，恶似金刚的，张口就要小人心肝渗酒，这也是玩的么？"六和尚在一旁，也就开言，叫声："李伙计，六老爷问你们爷儿俩走到哪里，就遇见这伙人啊？"李兴儿说：

"小的同主人离了庄,才走了二十多里地,东北上有一座破庙,庙前有一带树林,就遇见他们咧。"六和尚一听,扑哧笑说:"我道哪里的大光棍呢!原是他们。"那石八就问:"六师傅,莫非这些人你认得他们么?"六和尚道:"八太爷听我告诉你,若提起破庙里这伙强盗来,全都是酒囊饭桶。亚油墩子李四、小银枪刘虎这些人身上未必有猫大的气力。非我说大话,瞪瞪眼他们就得变了颜色!"

石八爷叫声:"李兴儿,你刚才说强盗们说了些什么话,你将那无礼的话述说一遍,告诉众位爷听听。"李兴儿闻言,故意谎说道:"八太爷,他们虽说了几句闲话,小的实在不敢往下说。"石八道:"孩子不用害怕,只管说!你八太爷不怪。"李兴儿又故意为难了一会,口尊:"八太爷,要提起那伙强盗来,实在可恨。小的主人曾说起太爷们的名姓,还有六老爷的法号,指望吓退那伙强盗,哪知他们也太欺人。他们说,若不提这些狗头的名姓,大王爷倒许开恩放过你去,你提起这些狐群狗党来,不过在本地欺压良善,一出了交界,管保迷了门咧。"李兴儿言还未尽,气坏了一群恶棍。一个个恶棍气得还好些,唯有恶僧六和尚气得暴跳如雷,一声大骂:"哎哟!好一起狂诈的囚徒,竟敢背地里骂得我连根鸡毛儿不值,罢咧!罢咧!"便一齐出真武庙来搭救恶人罗似虎。

单说黄天霸同众寇在庙中大家叙述。金大力是最好交友的人,又耳闻黄天霸是条好汉,不肯怠慢,立刻叫人摆上一桌酒席,让天霸上座,又告诉他道:“恶霸罗似虎现已在此,兄弟只管放心,明日起解交差。见了钦差大人,贤弟只说没有见我,我不过三两天就起身回家去务农。”天霸听了,说道:“很是,真信服你这汉子,说话有心胸。既然承哥儿赏脸,替我拿住恶棍,感激不尽!但因大人立等审案,小弟就此告辞起身,改日再谢帮助的情。”天霸说毕,即站起身来要走。这时忽见从外面乱哄哄地跑进几个人来,口称:“众位寨主不好了,外面来了好些人,手执短刀铁尺,口中直嚷把罗似虎送出去,万事皆休,若少迟延,杀进来连窝都拆了。”金大力一听,气冲两肋道:“哎哟!好狗男女,敢在大王爷跟前来要人。”跳起来,就要往外跑。天霸叫声:“金大哥,何用性暴?承太爷们情分,既把罗四拿住,交给小弟解去。他乃犯人,就算差使。如今有人指名来要,就算他劫夺差使。大哥不必动气,待小弟出去看看他们是什么人。”金大力、王栋道:“既如此,我等奉陪老兄弟出去,想必是两个脑袋的人,不然也不敢老虎嘴里夺脆骨。”说罢,三个人起身,各抓兵刀往外就走。众寇见头目出去,也都怒气冲冲,手提兵器,随后而来。

且说金大力等出了庙门,但见有一群人围着,一个个吹胡子,瞪眼睛,指手画脚地闹。天霸连忙上前喝道:“你们这些人,是做什么的?还不快些跑开。”只见一个凶眉恶眼的和尚开言道:“那小子休得做梦!快把罗老叔送出来,是你等造化。别等六老爷动火,那时你们吃不了兜着走。”天霸听了,方要动气,叫声:“和尚,你一个出家人,只该挨户化缘,是你的本分,为何跟了这些人来太岁头上动土?我劝你趁早回去!实告诉你罢,罗四被施大人差人拿去,他乃犯法的人,并不与寨主们相干。”恶僧闻言,喝声:“不必多言,我们也不管施老爷、干老爷,快请出罗太爷来,我就罢了。再要多言,六老爷就要动手。”天霸一听,哪还忍受得住,骂声:“好个不知好歹的秃驴!太爷好言相劝,你却和我古眉古样,自称什么六老爷。我问你是哪个六老爷的夜壶。”恶僧听天霸的话,气得一声:“哎哟!好小辈,竟敢出口伤人,别走!吃我一刀!”照天霸就是一刀。幸而天霸眼尖手快,瞧刀临近,随手架避。金大力一边动怒,手执铁棍,竟扑石八而来,照准马腿打来。只听吧一声响,马觉疼痛难忍,连声吼叫,跳了几跳,栽倒在地。石八躺在地下。金大力赶上举棍要打,破头张三蹿将上来,把闪杆一摆,被棍崩为两段。张三手持半截闪杆,吓了一身冷汗,回身就跑。金大力随后赶上,照着背脊一棍,只听哎哟一声,咕咚栽倒。众棍一见围上来,兵刃乱举。那边怒恼众寇,发声喊,也冲上来,两下兵刃战在一处。一个个虽都使着兵器,不过胡乱抡打,哪里是众寇对手?只有真武庙六和尚算是最狠。

且说众寇与众棍交手,只听一阵兵刃震耳,来回走了几趟。金大力像一只疯狂的虎，一条棍横打竖扫，指东打西，如水底蛟龙一般。忽见短辫子马上哎哟一声，躺在尘埃。那边粗胳膊邓四冷不防耳门上也着一家伙，躺在地上。石八被亚油墩李四一锤，打得晃了几晃。金大力趁着这个晃，赶上去就是一棍，只听轰隆一声，如倒半堵墙一般。王栋跑上来，用刀背在膀子上就是两刀背。众棍见他们头目被擒，一个个越发地着忙。正在忙促之间，白吃猴郭二被黄天霸单刀一撩，耳朵去了半个，疼得难忍，两手抱着耳朵就跑。王栋一见，忙连脖子带脸抓住，把绒绳往回一拽，喝声：“囚徒往哪里跑?”郭二只得不动。王栋便吩咐手下人，快将拿住的这几个，全都上绑。手下人答应，立刻绑了。众恶棍见光景不好，打个号儿，说声：“跑!”一个个抱头乱窜，只剩下恶僧还与天霸交锋。王栋知道天霸心高气傲，不用别人帮助，站在旁边掠阵。但见恶僧蹿蹦跳跃，腾闪砍剁。天霸却

不肯用力,不到刀临切近,不肯还手。恶僧打量他要败,刀法越急,一步紧一步;但空自费力,再也砍不着天霸,来回又走了数十回合,使得张口发喘,浑身是汗,气力不加,瞧个空,撒腿就跑。天霸一见,随后追赶,大骂:"秃驴往哪里走?"恶僧知道逃不脱,转身又和天霸相打。天霸出其不意,展舒猿臂,一手擒了过来。王栋见了,登时上前,七手八脚把他捆住。天霸道:"现在众贼已经擒了,小弟就要起解。"金大力、王栋再三款留,天霸执意要走。二人无奈,只得依从。令人将恶棍罗似虎、显道神石八、真武庙六和尚、短辫子马三、白吃猴郭二共五人,都用绳扎脖子;又遣十名盗寇,押送起解;又备马一匹,天霸骑了。五名恶犯在前,天霸在后,来到庙门以外。金大力、王栋都送出半里之遥,握了握手儿,各自鞠躬别去。

芙蓉招婿

清朝广西象州地方，有一位老英雄叫作张凤立。这张凤立少年的时候，原也是绿林的首领，横行了有四十多年，不论哪处的捕快官兵，都奈何他不得。

有一次张凤立带了七八个伙伴，想在路上做些买卖。凑巧有一位少年旅客，像是书生模样，骑了一匹马。后面一个脚夫，挑了两口大皮箱，在马后缓缓跟着。那两口皮箱分量着实沉重。这皮箱在绿林中人只要用眼睛一瞟，就可以知道这皮箱里的东西不是银两，哪里有这样沉重？伙伴便向张凤立递了一个信，七八匹马便跟定了那书生，在万山中走着。只见那书生在马上，还是手执一卷，像是什么诗集的一般，摇头摆尾地讽诵着。张凤立一干人在那里转他的念头，那书生也丝毫不觉得。跟了半日，越走越荒僻了，张凤立手下的伙伴这山里的地理最熟，知道这地方十里之内没有人烟，要动手自然这个地方最好。当下便一声呼哨，七八个人把那书生团团围住，嘴里吆喝道："快把皮箱留下，免得送死。"那个挑

皮箱的脚夫见了这七八个强盗，吓得只是把皮箱放在地下，牙齿儿捉对厮打，一句话也说不出来。转是那个书生，却一毫也不畏惧，只见他把那执着书本的手在马鞍上一搁，斯斯文文地说道："清平世界，朗朗乾坤，你们丢着好好的事情不做，为什么偏要做此盗跖行为？我这皮箱里又不是不义之财，常言道'盗亦有道'，你等如此无道，难道不怕天罚吗？"张凤立一干人哈哈大笑道："谁和你这书呆子掉文？你放明白些，便快快自己开了箱子，把那黄白物献将出来。若有半个不字，我们手里的家伙须饶不得你！"那书生见强盗愈逼愈紧，却摇头道："你们真是冥顽不灵，孺子不可教也。"张凤立一干人见书生竟没有意思拿出钱来，如何肯轻易干休；一声动手，便纷纷地举起兵器来，向那书生的脑袋便剁。说也奇怪，那书生却只是不慌不忙把手里的一本书擎将起来招架。哪知不招架犹可，一招架时，书本打在刀锋或是枪杆儿上，竟比刀截得还要厉害。那些刀枪只剩了半段，还有半段早被书生的那本书截将下来，叮叮当当地落在地上，做一片声响。这时张凤立却还未曾动手，见了这番情形，料知这书生本领不弱，自己几个伙伴绝不是他的对手，不上前帮他们一下，这几个伙伴的性命便有些儿难保；只得挺起他的一柄单刀，跳进圈子来和书生厮杀。那书生见了张凤立的刀法，就知道这强盗的确有些真实功夫，当下也就来和张凤立搦战。战了一会，那张凤立竟战不过那书生。从此以后，张凤立觉得半世英雄败于一个文弱书生之手，绿林中究竟不是安身立命之所，不如急流勇退洗手了罢。因此，便在象州置备了些田地，就此成家立业起来，杜门隐居，倒也十分自在。可是有一事美中不足，你道是什么事呢？原来张凤立年将七十，没有生得儿子，只有一位千金。

张凤立因为膝前只有一个女儿，便把生平的武艺一股脑儿都传授了给她。这位小姐芳名叫作芙蓉，生得虽不及那真芙蓉一般娇艳，却也是骨肉停匀，皮肤娇嫩，因此有许多人家挽了媒人来说亲。张凤立爱这芙蓉，简直爱得和掌上明珠般，自然万事不忍过分拂逆芙蓉的意思，这种婚姻问题倒也开诚布公地来征求芙蓉意见。好一位芙蓉，自是和寻常闺阁不同，只因她会了几手拳脚，那羞涩之心却减退了不少；见父亲来和她谈起这终身问题，倒也侃侃而谈，说："女儿对于门第、财产、面貌，一概都可以不争论，只要有武艺胜过女儿的，女儿都肯嫁他。不如请父亲向那些媒人说明了，看他们谁要来求婚，便请谁来较量一下；谁能胜过女儿，女儿便嫁谁。"张凤立本来是个爱武艺若命的，听了这话，哪有不赞成之理，当下便把这话转述给许多做媒的听了。那些求婚的也有并不会武艺的，心想这种泼辣货，娶回去将来准定受累，要是有什么不对的时候，便把丈夫一顿拳打足踢，那不成了人伦大变吗？况且求婚的时候，就要较量

武艺，第一个难关先打不破，我们不如死了这条心吧。因此，一半人听了这话，便不敢再开口了。还有一半不服气的，便真个来和芙蓉较量，不想才走了三四个回合，便被芙蓉踢翻在地，有几个还带了伤回去。因此芙蓉小姐择婿，把较量拳脚为条件，以及芙蓉小姐如何厉害，打翻了多少年少郎君这些话，都传遍了远近。那一般癞蛤蟆想吃天鹅肉，偏痴心妄想地来和芙蓉小姐较量，芙蓉小姐也来者不拒，一个个把他们跌得七荤八素。

有一天又有一个人上门来求见张凤立，张凤立出来时，却原来是一个和尚。只见那和尚向张凤立打了一个问讯道："贫僧特地从少林寺赶来，闻得令爱借比试武艺，在这里要招一位乘龙快婿。贫僧颇愿一试,因此不远千里而来,从河南徒步到此,快请令爱出来罢。”那张凤立见这和尚倒也白白净净,只是听了他这些半痴半黠的话,不禁愕然了半晌道:“大和尚休得取笑,小女虽有这句话,不过和尚是出家人,自然不在此例。”那和尚把光头晃了几晃道:“居士,这话错了,在居士和令爱当初并没说过和尚要除外的话,此刻说已嫌迟了。况且小僧并不是生来就出家的,倘若胜了令爱,小僧准定留起头发来,和令爱成就婚姻。”张凤立见这和尚语言轻薄,不禁十分不悦。心想看这贼秃,未必有什么惊人的本领,不如叫芙蓉出来,把一点颜色给他看,让他带些伤回去,好教他往后不致小觑人家。主意想定,便道:“也好,待我去唤小女出来。”隔不到半个时辰,果然一阵香风,那芙蓉小姐用青绸手绢包了头发,一件宝蓝色的衣服绣着碗口般大小一朵朵月白色的牡丹花,裤脚管用丝带扎了,足下一双小小弓鞋,那鞋尖上用纯钢包里,正是眉不画而自翠,唇不点而自红。那和尚看了,便立起来打了一个问讯道:“小姐请坐,小僧有话告禀。”那芙蓉小姐果然大大方方地在一张交椅上坐了下来。和尚便开言道:“久仰小姐芳名,小僧特地从河南少林寺来,斗胆想和小姐较量一下。如若小姐被小僧打败了,小僧准定还俗成亲。但不知小姐当初说的,谁打胜了小姐便嫁谁的那句话,能作准不能作准?”芙蓉小姐瞧了这和尚一眼道:“自然作准的。”和尚又道:“小姐,你

要明白,小僧是从少林寺里出来的。少林寺的拳脚是天下有名的呀。说明在先,免得小姐将来后悔。”芙蓉小姐道:“不管你是少林寺多林寺,都得较量一下,哪里说得到后悔的话?”和尚见芙蓉态度非常强硬,倒有些窘了。原来这和尚一心想把芙蓉小姐娶过来,又怕芙蓉小姐拳脚实在了不得,自己要敌不过她时,岂非一场空欢喜?因此借少林寺三字,想把芙蓉吓退,自己便可以现现成成做新郎来了。谁知芙蓉偏偏毫无惧怯,和尚的伎俩穷了,只得覆了一句道:“小姐不要大意!小僧出身,千真万确是在少林寺啊!”芙蓉这时早有些不耐烦了,便正色道:“不要多啰唆!敢和姑娘较量的,便趁早动手罢。”说完话,便霍地站起来,走向天井里随手立了一个门户，道：“来罢！”和尚到了这个地步，要待不较量，可也不由自主了，只得也走入圈中。还自己骗自己，以为芙蓉也许是个武艺平常的女子，自己先下手为强，只要打胜了她，岂不立刻可以把她娶过来吗？当下便抢在头里，使了一个丹凤朝阳的架势，举起双拳，来取芙蓉的脑袋。芙蓉见他动了手，便向旁边一闪，那和尚扑了个空，正待掣回两手，再打第二下时，对不起，腰眼里芙蓉的拳头已经到了。这种架势，叫作童子拜观音，是合着双掌，向人家腰眼里劈去，要是劈着了，简直就和利斧一般，准定是一条创口。幸亏和尚躲闪得快，忙用右手招架住，左手便也向芙蓉腰眼里捞去，谁想这一手还是扑了个空，耳朵里仿佛听见一阵风声，芙蓉已是抢步到了和尚背后。和尚暗暗叫声不好，急忙旋转身躯，用尽平生之力，向芙蓉胸前一拳打去。芙蓉退了

几步，躲过这拳。谁知和尚用力过猛，不免头重脚轻，那上半身兀自向芙蓉身上压来。好一个芙蓉小姐，不慌不忙，举起腿来向和尚脸上只一腿，那鞋尖便勾住在和尚的鼻孔里，往前轻轻只一带，可怜把和尚的鼻子就带去了半个。和尚忙用双手捧了鼻子，抱头鼠窜而去。这里芙蓉小姐望着和尚的背影，冷笑了几声。

张凤立在旁，见女儿把那和尚打败了，出了方才一口恶气，心中十分畅快。正待吩咐女儿快快些回到里边去休息时，却见一个仆人匆匆地从外面跑了进来道："禀老爷，外头有个人求见，说是来和小姐比武的。"张凤立听了，也不言语，只把眼睛望着芙蓉。芙蓉道："既是又有人来了，不如立刻就叫他进来，好让女儿一齐打发他们走路，免得今天一个，明天一个，够咱们麻烦！"张凤立点点头，便吩咐那仆人道："你去请他进来罢。"那仆人答应了，便匆匆地反身自去。这里张凤立父女俩便坐着等候，果然一会儿，仆人便引了一个少年进来。张凤立留心打量，只见那少年气宇轩昂，生得一表人才。见了张凤立便施了一礼道："这位想就是张凤立老英雄了。"张凤立答了一礼道："不敢。请教壮士尊姓大名，壮士想是特地来指教小女的。"那少年躬身答道："小子陈大鹏，久慕老英雄威名，特来拜望，要是蒙小姐不弃，小子愿意献丑。"张凤立大喜道："那倒很好，小女适才正和一个和尚交过了手，此刻还不曾进去。喏喏喏，这就是小女。壮士指教，事不宜迟，此刻就可以动手，好让小女早些回内室去休息。”张凤立说话时，芙蓉正偷眼看那陈大鹏，如今见父亲说明了，也不知为了什么缘故，一向很大方的芙蓉小姐这会子居然夹耳根子通红起来。陈大鹏便向芙蓉拱手道：“如此，就遵着老英雄吩咐，请小姐立刻赐教几手罢。”芙蓉含羞带笑，还了一福，道了一声请，两个人便容容易易，就在天井里交手起来。说也奇怪，那芙蓉小姐借武艺选择丈夫，也不知见过了多少少年郎君，可是心里从来不曾动过一动；不道今天见了陈大鹏，却竟有点把持不定。她因为从前较量的尽是那些不中用的东西，怕陈大鹏也一般地不济事，立定主

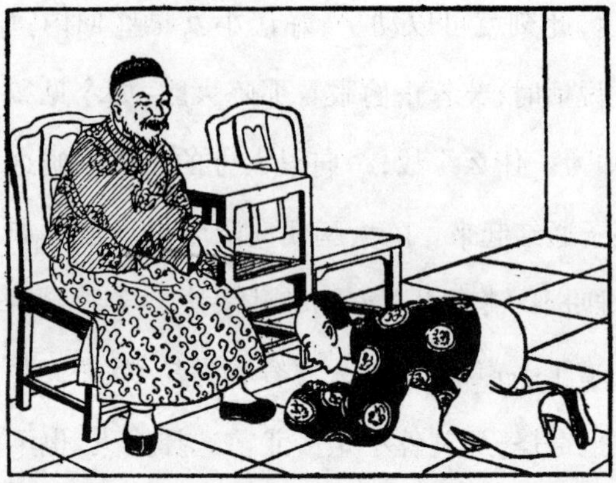

意，想在交手的时候让陈大鹏几手，好教陈大鹏胜了自己，所以生平的本领十分之中却只施出三分来。等到陈大鹏的拳头到了跟前，她才肯懒洋洋地招架。那陈大鹏却不知就里，只管一步紧一步地打将过来。还不到十个回合，芙蓉早已瞧得明白，这陈大鹏的拳脚得自名师传授，绝对不是以前那些花拳绣腿可比。这时芙蓉小姐好胜之心不禁又油然而生，便也施展生平本领，和陈大鹏打作一团。霎时间，只看得张凤立眼花缭乱，也分不出谁是陈大鹏，谁是芙蓉来。陈大鹏一面交手，一面思量也很佩服芙蓉的武艺，知道拳脚到了芙蓉这一个地步，也可以算是登峰造极了。自己若是要仗拳脚取胜，定然劳而无功，不如使出武当派的看家本领来，制服这丫头吧。原来武当派的长处在于内功，专讲运气，拳脚尚是第二层。当下便把全身的气聚在一处，说时迟,那时快,一拳打去,正打在芙蓉胸前。陈大鹏喝一声“去罢”,那位千娇百媚的芙蓉小姐便摔出了有一丈多远。芙蓉小姐立起身来,只见她满面羞惭,也不说什么,一阵弓鞋细碎之声,便如飞地躲入内室去了。

张凤立见陈大鹏胜了自己的女儿,也觉得得婿如此,可以无憾。便招呼陈大鹏坐了,又寒暄了一阵。这时却有一个小婢,从内室里跑得出来,附着张凤立耳朵,说了一番说话。张凤立含笑点头,当下和陈大鹏提议说:“小女一言既出,从不翻悔,今天壮士既是胜了小女,如蒙不弃寒门,愿意附为姻娅。”陈大鹏这一次来,本是奉了母命,专诚前来求婚的,听张凤立说了,正中下怀,便也答道:“这是老英雄抬爱,小子敢不遵命。”说着,扑翻身躯,纳头便拜,口称岳父。张凤立心花怒放,立刻吩咐备酒款待这位新女婿。陈大鹏也不推辞,便入席和丈人开怀畅饮。如此一席酒,便说定了由陈大鹏回家去,告禀过母亲,然后再挽出媒人来,拣个黄道吉日成亲。张凤立一一答应,陈大鹏便告辞而去。从此两家便照例把问名纳采种种手续行过了,接着便举行婚礼。

孙癞子捉猴子

清朝时候，四川地方有个孙二癞子，诨名叫作飞天老鼠。他在年轻的时候，瞧见专捉猴子的人到山里去捉猴子，孙二癞子一时高兴，便要求带着同去，说要入山去长长见识。这时这一伙捉猴子的推举的那一位领袖，年纪已在六十开外，颔下一部花白胡子，有五寸多长，听了孙二癞子要求的话，便用手捋着胡子道："老弟，你要同去，未尝不可，我们同伙人多，也决不会嫌多你一个人嚼吃的。只不过猴子那东西，比人还乖觉，没有耐性，是不能干这捉猴子勾当的。如若这一趟山里去，在阵上失了风，给那些畜生逃掉了时，再要想捉它们，真比登天还难，只得等下一趟再去了。所以带你去长长见识，原不妨碍；可是你须得有耐性。单怕你们少年人，脾气儿躁急的居多，万一因为你一个人没有耐性，带累我们一伙人空手归来，须不是玩的。你还是先思量思量，没有把握，还是不去，免得回头来互相抱怨。"孙二癞子听了这话，把手掌拍着自己胸脯，拍得一片价响，道："你老放心，我这趟跟你们同去，原是玩的性质，哪有好教你们为难之理。我平素脾气本来最躁，可是这一趟去，我准把脾气改过。人家吐我脸上一口唾沫，我准让它给风刮干，决不掏出手绢儿去擦。你老瞧有耐性到这门田地，总该行了吧？"那老者笑道："你有

耐性便好,我们决计大伙儿一同到山里去罢……”计议停当,那伙捉猴子的人便忙着打点应用的器具。好在孙二癞子是个四海为家的穷光蛋,他一没有铺盖,二没有衣箱,就只两肩荷着一口。到了出发的那天,拍拍屁股,光身一人,跟着大伙儿拔起腿来便去。迤逦行来,不到百来步路,已是到了一条河流旁边。孙二癞子瞧时,见靠码头停泊着一条船,孙二癞子随着众人跳了下去,船家便解缆开船。那孙二癞子进入舱中坐定,四下打量了一遍,忍不住又请教那为头的老者,道:“借问老人家一声,这一趟还是做买卖呢?还是捉猴子去?”那老者哈哈一笑道:“老弟,你真是说了一夜的胡子,还不知道有没有须髯咧!我们大伙儿不捉猴子去,干吗？哪有去做买卖之理？”孙二癞子指着船舱里也笑道：“不做买卖，要这许多玉蜀黍何用？……”做书的写到这里，便该顺便表明一句：原来这条船，头舱、中舱、后舱里装的全是玉蜀黍。一条小船儿，增加了重量，那水一直齐到舷边。这玉蜀黍，原来也是四川的特产，所以叫作蜀黍，便是上海人所谓珍珠米。孙二癞子他不知道船里装这玉蜀黍，和捉猴子有何关系，忍耐不住，这次启口动问。那老者听了，掀髯说道：“老弟，你真是瞧见了骆驼，以为是马肿背，少见多怪咧。这玉蜀黍，便是预备着捉猴子用的。老弟台，我劝你不必多问，过后自会知道，捉猴子全靠这劳什子啦。”孙二癞子听他这么一说，也就不便多问，只索性把话咽在肚子里纳闷。在路行程，非止一日，这一天船到岸边，停泊在一座山

脚下。那老者俨然便是三军司令，便拨派众人，拿升箩的拿升箩，拿栲栳的拿栲栳，这些家伙里面全装着玉蜀黍，肩挑背负，相望于道。孙二瘌子空着手，跟随在后面。只见他们走了约莫有三里多路，估量着已到了峰峦深处，老者一声令下，大家便都把家伙从肩上放将下来，一股脑儿都向地下倾倒。这玉蜀黍便洒开着铺在山径上，迤逦着有里把路长短。然后众人又回到船上，将那空家伙再去装了玉蜀黍来，如法炮制。这玉蜀黍铺的路径，便从山坳里铺起，一直铺到停泊船的岸边。

这且不表，单表孙二瘌子躲在树林里向远处瞧望时，只见远远地有几个黑点，在那里腾挪跳跃。老者便悄悄地指着黑点告诉孙二瘌子道："那跳跃的便是猴子咧。"孙二瘌子这才明白，此间原来已离猴子的巢穴很近了，他们是用玉蜀黍来引诱那些猴子的。往常听见人说，猴子欢喜吃玉蜀黍，就和马吃刍豆，牛吃稻柴，猫儿吃鱼，羊儿吃草一般。今天亲自瞧见了，才相信不是谎话。孙二瘌子正在心头思量时，不想猴子的嗅觉十分灵敏，一会儿此间地上铺着玉蜀黍，它们早已得了信息，便一传十，十传百。霎时间，满山的猴子都知道了有人把这种礼物送上门来，它们却之不恭，便争着想来吃一个饱。可是读者，别看是小畜生，四条腿的猴子，那肚子里的疙瘩比两条腿的人还多一些。它们早已疑心到是人类设的陷阱，要不利于它们，所以它们成群结队，也只远远地在两三丈以外，伸长了脖子，望着这里的玉蜀黍，空咽着一口口唾沫。这时要是有个人影儿落在它们猴子的眼帘里，它们准会一溜烟逃得无影无踪，便永世不想再来享用这玉蜀黍的美味了。所以老者和孙二癞子屏息静气，蛰伏在树林背后，连动也不敢动。那些猴子们伸头探脑了好一会，不见有人影，那胆子便慢慢地大了起来，互相牵挽着，一步挨一步地向前进发。就如百川朝宗一般，一个个都怀着希望之心，想修理自己的五脏殿。然而大家不免还有些怀着鬼胎，偶然听见风吹草动，它们以为是人来了，便急忙掇转屁股奔得老远价，及至觉察了是疑心生暗鬼，不是真有人，这才照旧回过身，照旧来挨近玉蜀黍。似这么小心翼翼地一步步往前挨着，眼见得离开不远了。那树林背后的孙二癞子全神贯注着在一群猴子身上，瞧那些畜生愈走愈近了，他虽然是来瞧热闹的，这猴子捉得着捉不着，原不干他的事，然而好似在人家背后，看人家打牌，站在谁的座后，总是希望谁赢一般。所以孙二癞子的心理，此时也总是希望能把猴子捉到。他一眼瞥见猴群越走越近，禁不住便心花怒放起来。他觉着自己的一颗心，只是突突地乱跳。后来见那猴群离玉蜀黍只有三尺路了，他的那颗心几乎要跳出腔子来。他一会儿又怕那些猴子中途变计，不来上当，便想一跃上前，把猴子们手到擒来，一只手擒一个，两只手便好擒一双。他主意想定，正待拔起腿来开步时，幸亏那老者经

验宏富,说时迟那时快,只见他悄没声儿地伸手过去,便把孙二癞子的衣袖一把拖住。孙二癞子因为身体不得动弹,便想开口质问那老者是何缘故,谁知那老者却先向孙二癞子使了个眼色。孙二癞子猛可里才记起那老者叮嘱自己说是要有耐性的那句话来,只得把那颗跳动的心极力按捺着。似这么一瞬之间,那群猴子已是到了玉蜀黍跟前,伸出前脚来,拼命价把玉蜀黍抓来,不管三七二十一,只是迫不及待地往嘴里送。霎时间,每只猴子的两个面腮颊便都鼓了起来。孙二癞子瞧见它们那样狼伧,忍不住要笑出声来,可是瞧那老者,却双目炯炯,只是盯住了看猴子们抢着吃,脸色十分庄重,连一丝一忽的笑容都没有。孙二癞子这才不敢笑了。

读者,你道孙二癞子为何要发笑呢?原来他瞧见了猴子们嘴里嚼的不曾咽下去,脚里抓的却又在往嘴唇边送了。右面前脚抓的没有送完,左面前脚却又在玉蜀黍堆里乱抓了。读者闭上双目,想象出当时的情景来,你想几十只猴子在那么抓着吃玉蜀黍,此情此景,便是十个八个画师也画不相似。孙二癞子瞧见这一群畜类,简直像是三天不曾吃东西的饿汉,在捧着吃那一碗热气蒸腾的白米饭,那样狼吞虎咽的形状,寒蠢得委实有些可笑。孙二癞子看得清楚,这才知道他们捕捉猴子却自有神机妙算……一边想一边便瞧猴子们的究竟。谁知事又出人意料,这一群猴子你抢我夺,五官并用,把玉蜀黍吃了一个饱,倏地却又掇转尾巴,一哄而

散,逃回深山里它们自己的巢穴去了。只一眨眼之间,几十只猴子,溜得一只都不剩。这一逃却把孙二癞子怔住了,赶忙回转头来,瞧那老者的脸色。却见那老者等猴子们一齐溜跑了,他才长长地吁了口气道:“好了,好了,我们这一趟来捉猴子,准定可以满载而归,都只为今儿第一天发的利市便不坏。”说到这里,那老者却顿了一顿,倏又转换谈锋,埋怨孙二癞子道:“老弟,我动身的时候,是怎样叮嘱你的?如何一转背,又忘了个干净呢?适才若不是老夫机灵,一把将你拖住,怕的是你早已跳将出去。那时节真合着一句俗话,叫作‘打草惊蛇’。你不曾知道,这些畜生都是顶精灵儿,只要给它们瞧看了人影子,凭你玉蜀黍腐烂在这山径上,它们宁可饿死,也不会来钻你圈套咧。事情一闹糟,我们岂不要乘兴而来,败兴而返,空跑这么一趟吗?别的不打紧,我们大伙儿吃的喝的,这一笔开销就不在少数,请教老弟又在什么上头生发呢?……”这一顿埋怨,埋怨得孙二癞子哑口无言。当下只得唯唯认错,可是他心下却老大的纳闷,真如骨鲠在喉,不吐不快,所以便搭讪着道:“请问老人家,你说今天发利市,我可不明白发在哪里?你老人家可曾瞧见,猴子一只都不曾捉到,都给它们逃回去啦?”老者听了,摇头笑道:“叫你一声老弟台,你对于捉猴子的玩意儿,真是嫡嫡亲亲的大外行……你那种躁急的脾气,须要改过才好。”孙二癞子给那老者一抢白,便不敢再打碎沙锅问到底了,当下只

得低垂脖子,随了那老者回船去。

如今我描写猴子吃玉蜀黍已经描写得许多来,只得赶快收住,只简单地交代:原来那些猴子们所以吃饱了要赶紧地逃走的缘故,便是怕人们以玉蜀黍为香饵,似钓鱼一般,把它们钓上了钩子,再也休想能摆脱。然而这一趟,第一天吃了毫无变故,当然第二天它们不肯放弃,便如法炮制,再来饱餐一顿,吃完了还是赶紧逃走,不敢逗留。第二天又没有变故,当然第三天还是舍不得不吃。第三天、第四天、第五天接连吃了七八天,兴致越吃越好,变故毫不发生,说不得胆子越吃越大,什么人类设的陷阱咧,这玉蜀黍是钓鱼的香饵咧,这些恐惧的念头一齐丢向爪哇国里。大家便肆无忌惮地只管循着山径吃将过去,不知不觉已是吃到了停泊船的岸边,哪里知道船上的人早就撒下了天罗地网。原来猴子们吃到了此处,抬头一瞧时,只见船上的玉蜀黍堆得比山径上更多。船上的人却一股脑儿都躲在舱里,连影子都不肯被猴子们瞧见,自然猴子们不会生出什么疑虑来。它们吃得上了劲儿,便一齐爬到了船上。这时候猴子们的眼睛里脑筋里全给玉蜀黍填塞满了,全不想若不是有人在弄玄虚,哪儿来这么多的玉蜀黍呢?常言道:"人为财死,鸟为食亡。"猴子们只知道箕踞着在这条船上,大吃而特吃,谁知暗暗地却被舱里的人把缆绳解掉,那船便放乎中流。说时迟那时快,一声暗号,舱板揭处,便钻出五六颗脑袋来,一律手中握定了明晃晃的钢刀。猴子们叫声不好,欲待三十六着走为上着时,谁想四下一望时,只叫得一声苦。原来四面全是白茫茫的水,猴子是生长在山林之间的,无论先天后天,都不曾和水发生过关系,不识水性,跳下去准是个死,又有谁敢尝试呢?正在团团乱转,走投无路时,只见从舱里钻出来的人中间,有一个右手拿着钢刀,左手却提着一只大雄鸡,故意提得高高的,给一众猴子瞧;嘴里吆喝一声,手起刀落,滴溜溜地便把雄鸡头斩了下来,鲜血直喷。可怜猴子们却也知道生命的可贵,只怕自己的脑袋也像雄鸡一般,和脖子分家。所以耳朵里听见了临死的鸡鸣,眼睛瞧见了鲜红的热血,早一个个吓得魂不附体,都伸出一只前脚来,各自抱住了脑袋，浑身扑簌簌抖颤个不住，喉咙里又不约而同，都啾啾唧唧，发出乞求饶命的声息来。读者，古人每逢形容那声音的悲惨时，有四个字的成语，叫作“巫峡猿啼”，足见猴子的啼声根本上是悲惨的。如今这一群猴子在生死关头发出来的啼声，自然加倍惨厉。大伙儿是捉猴子的老手，听惯了也就不以为意，只有孙二癞子听了毛骨悚然，忍不住一阵寒噤。

却说孙二癞子从小就练了几手拳脚，因为家道贫寒，自仗着飞檐走壁的能耐，便免不得要干些没本钱的买卖。此刻他跟着众人到山里去，捉了猴子回来，灵机一动，忽地计上心来。他便挑了众猴子中间一只年龄最小、身子最结实

的，稍微花了几两银子，和大伙儿商量，便把这只猴子买了回去，闲暇时教那猴子玩几套拳棒……他教那猴子玩拳棒，有一个秘诀，便是一只手里拿着一条马鞭子，一只手抓了把玉蜀黍。那猴子要是一时间学不会，或者是学会了，玩得可不甚高明，他简直就不客气，说时迟那时快，马鞭子便没头没脸抽上来啦。孙二癞子是练过把式的人，手里何等有劲，这一下抽，可怜抽得猴子身上油皮立刻便连毛带血，一片片跟着鞭子揭了起来。孙二癞子这种训练猴子的方法，未免让人觉得酷虐了些，然而他绝不是一味酷虐，他也懂得恩威并用。要是那猴子一学便会，一会便精，他左手里抓的玉蜀黍便会赶紧送上去，赏给猴子吃，绝不含糊。那猴子既怕孙二癞子右手里的马鞭子，又爱孙二癞子左手里的玉蜀黍，所谓一则以喜，一则以惧，自然战战兢兢地跟着孙二癞子学那拳脚，一些也不敢偷懒咧。

孙二癞子把猴子训练好了，又替它取了一个名字，便叫作阿明。于是他便时常带了这猴子出去，干那鼠窃狗盗的事情。